99号大院

莎菲 著

南方出版传媒
花城出版社
中国·广州

图书在版编目（ＣＩＰ）数据

99号大院 / 莎菲著. -- 广州：花城出版社，
2021.2
ISBN 978-7-5360-9310-2

Ⅰ．①9… Ⅱ．①莎… Ⅲ．①小小说－小说集－中国－当代 Ⅳ．①I247.82

中国版本图书馆CIP数据核字（2021）第012284号

出 版 人：肖延兵
责任编辑：林　菁
技术编辑：薛伟民　林佳莹
内文插图：莎　菲
封面设计：庄海萌

书　　名	99号大院
	99HAO DAYUAN
出版发行	花城出版社
	（广州市环市东路水荫路11号）
经　　销	全国新华书店
印　　刷	佛山市浩文彩色印刷有限公司
	（广东省佛山市南海区狮山科技工业园A区）
开　　本	880毫米×1230毫米　32开
印　　张	10　1插页
字　　数	205，000字
版　　次	2021年2月第1版　2021年2月第1次印刷
定　　价	49.80元

如发现印装质量问题，请直接与印刷厂联系调换。
购书热线：020-37604658　37602954
花城出版社网站：http://www.fcph.com.cn

这个年纪（代序）

我已经到了可以记录时代变迁的年纪了。以十年为一代划分，我已经过了三个半。如果我所处的时代仿佛山那么沉稳地亘古不变，那似乎没有什么可说的。可我所处的这个时代，是乞力马扎罗的雪快要消失的时代了，是人们从不知道电脑为何物到如今已经可以在人体植入芯片的时代，是人力让沧海变桑田的时代了。

世界变化得如此之快，让我们目不暇接，让我们习惯于快节奏的变化，仿佛变才是常态，快速的发展才是常态。当这种习惯性思维深入骨髓，成为生活的一部分，一旦周遭不如预期，变化的速度减缓，甚至停滞，恐慌便由此产生。埋怨，忧虑，焦躁，刺激着人们的神经，殊不知，一切只是回到了原本的样子。

我已经到了不应该轻易急躁的年纪。虽然心里的那个小孩儿时不时还会冒出来，说说过头话，生生闲人气；虽然还得不断自我洗脑，告诉自己这些挫折都是修行，但是塞车的时候除了脚酸一点儿，是没脾气了，碰到不平事内心羊驼狂奔，脸上云淡风轻，过后相忘于江湖也是如此地自然。自己也会惊讶，然后自嘲一句，也是到年纪了。

世界因崎岖不平，才会有巍峨的高山和深邃的海沟，才会孕育草原、森林、高山、海洋和万物生灵，万物众生各自生长，平衡相处。但要想到达远方，上山下海是难免的，哪怕停留原地，也会有地震、飓风、闪电等等天灾可能随时降临。既然如此，这人生的旅途，依从自己的心，依从远方的召唤而行，又有何不可呢？上坡便弓背前倾，低头腾挪；下坡便昂首碎步，小跑前进，总不能上坡非要跑，下坡非要停。

我已经到了曾经让自己恐惧的年纪。年少轻狂，既希冀未来，又恐惧未知；既认为人生充满了无限可能，又恐惧于生老病死人世伦长，再风光无限总要面对上有老下有小的宿命。谁知一阵手忙脚乱之后，一切就自自然然地发生。不是自己有多么长袖善舞，而是发自内心地去生活，去理解，去宽容。曾经害怕照顾病老，却发现被曾经自己依赖的人依赖的感觉还不错；曾经不安于孕育生产的身心撕扯，却发现生命是如此神奇与鲜活，一个生命孕育另一个生命，让这个世界延续，或好或坏。

我已经到了准备迎接自己选择的道路和随之而来的一切的年纪。因为不知道明天如何，所以尽力活在今天。因为活在今天，所以向远方的梦想挥手，规划路径，步履不停。我不知道这路带我去向何方，但我不愿意错过沿途的风景。我不知道未来的样子，但是我在心里描绘了它的图景。一切的风景都是生命的恩赐，忧伤悲喜皆是经历。

选择那么多，每一个选择的沉没成本都是无限大的，既然如此，何必后悔呢？勇往直前就好了。不，甚至不需要勇气，只需要顺其自然地去经历，怡然自得地漫步在人生的花园里。时间不会因为你的踌躇不前而停滞，也不会因为你充满激情而加速，它守着自己的节奏，静静看着你从出生到成长，从成熟到消亡，你只不过是芸芸中一个世界。而对于你，世界芸芸众生却尽在眼里、心里、脑海里。

我还在时光里乘着小船航行，仿佛不会长大的拇指姑娘，只有巨大的叶片为我遮风挡雨，荫蔽烈日烧灼，我的微不足道无力回报，我只有好好生活，好好经历，好好记录下生命的美妙与奇迹，无论我，到了什么样的年纪。

目 录
Contents

回家 / 001

生命太贵，不必破费 / 006

13栋101 / 012

停车 / 018

心情 / 023

清晨 / 028

Lollipop & Marshmallow / 032

我愿像个孩子一样离开 / 037

子非鱼 / 042

夜巡 / 047

麻雀 / 053

午后 / 060

云上的日子 / 065

电梯 / 070

米粒 / 073

肠粉妹小慧 / 079

花火俱乐部 / 085

呼吸无声 / 091

夏至 / 096

摆摊 / 102

太阳雨 / 108

风眼 / 114

脐 / 119

有了以后 / 125

继承人 / 130

不著名滞销书作家 / 135

大树下 / 141

我是谁 / 148

二锅头 / 153

死法 / 159

拖延症患者手记 / 167

半哥 / 173

花嫁 / 178

芒果 / 184

淼儿 / 189

"领导" / 194

龙套 Carefree / 201

老实人小郁 / 207

解闷儿的方法 / 212

脾气 / 216

恰，恰，恰恰恰 / 221

海桐 / 226

放学后 / 231

发车前 / 237

周家的饭 / 240

阿丽 / 246

朝圣 / 254

理发 / 260

短发 / 265

荔枝 / 272

织补 / 278

墨·砗磲 / 282

茉莉 / 287

请叫我莉莉丝 / 292

活着的感觉 / 298

观察者报告 / 304

回　家

　　每次回大院，仿佛时光在这里停止了似的，总是给我一样的感觉，该怎么形容呢？狭窄、拥挤的道路，沥青和水泥的路面上满是间断的小工程打的小补丁，可不是嘛，电力刚撤场，水务又进场，每次小工程预算必须包含开挖、安装、调试、回填，就像外科手术不包含整容一样，丝毫不可能有美学考虑，因为分部门实施，也从未想过重复开挖的浪费。

　　每次回大院又觉得哪里又变化了，这家装修了，那家搬走了，停车位又重新划了，新开了便民生鲜超市，树又茂盛了，或是被台风吹断了原本早就被白蚁蛀空了的树干。叔叔阿姨成了爷爷奶奶，手上抱着一个面貌相似的小人儿，脚步慢了，笑容和愁容交替地在脸上呈现,确实不一样了。

每次回大院就像来到了另一个世界,地铁出入口就在小区门口,那是通往其他世界的出入口。在这个自给自足的大院里的人们喜欢对我的车行注目礼,这是这个品牌的车在这里出没的唯一一台,颜色也很特别,暗绿色。有时候我怀疑自己是有意为之,选了这台车开回来。

小时候宽敞的路现在已经划了一半来停车,旧时黄色的墙皮如今贴了粉色瓷砖,像个化了妆的老奶奶。一栋栋都装电梯了,彻底打消了我盼望这里拆迁的想法,是啊,拆迁成本太高了,只能像百衲衣一样,一个补丁一个补丁地打上去。更何况那些不断转手接盘的二手业主,肆意地改结构,扩空间,不知道什么时候接盘侠就成了楼塌塌了。

我不明白母亲为什么不肯搬来和我一起住。新居就在江边,地标就是装饰画的主角,看整个城市依山傍水,江岸一色,璀璨夺目,彩虹飞架,车流穿梭,看这个从我祖父母辈开始几代人为之奋斗的人类城市文明新的奇迹就在自己的脚下,不断延伸到视野的边缘。小区是当今世界上最著名的设计师设计的,豪华装修,人车分流,管家服务,空中花园。两相对比,每次回大院我都像从现代社会回到了解放前,其实也就是半小时的车程,也就是在地图上从新的城市中心到旧的城市中心。

母亲总说习惯了,哪儿也不想去,老朋友们都在这儿,聊天有伴;买菜也知道哪家比较好,哪家洒水占秤;一公里内各大

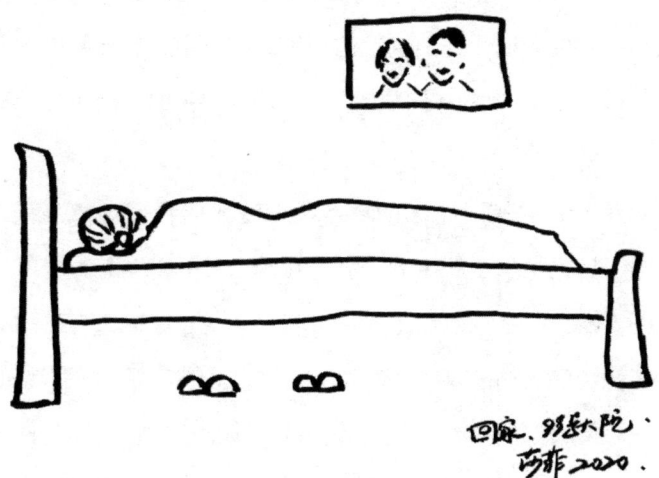

专科医院齐全，什么病都能对上号找到对口的，走路就到了，方便。我还能怎么办，孝顺孝顺，要孝就要顺啊，没辙，只能自己多回来看看。

妻大约也是松了口气，我能理解，但仍然有些不悦，可是又能如何呢，毕竟这个世界不是围着我转的。孩子们渐渐大了，他们离巢的时候，我们又如何能要求他们一定按我们的想法来生活呢？他们更无法让我们按他们的想法度过余生啊！所谓的养儿方知父母恩，不如说，是体会了不同社会角色的心路历程，让人生更加完整与通透了吧。

孩子们各自拿着自己的游戏机专注地按着键盘，只有这样才不至于打扰了院子的宁静。妻坐在母亲身旁，一起看着电视，一边聊着剧情一边偶尔用手遮掩着呵欠。我曾经以为自己想回家的心情就仿佛当初离家时那般迫切，如今也似乎是到了不惑的年纪，一切情绪都淡淡的。重新认识这个我生于斯长于斯的地方，就像重新认识父母一样，既熟悉又陌生，仿佛胎儿从子宫中出去就再也回不去了。

给母亲的米和油都放好了，漏水的水龙头也修好了，和新一任阿姨交代好，母亲已经回到卧室躺下，我知道，这就是逐客令了。她干瘦的背影可有丝毫我儿时记忆里那个强大妈妈的影子吗？那个为我对着老师极力辩护的妈妈，那个对着欺负我的哥哥大声斥责的妈妈，那个大冷天背着我走一个多小时到急诊室的妈妈，去哪儿了呢？她一点点消瘦，身体和精神的能量一点点消散。

上回母亲摔倒骨折休养的那段时间,我长这么大第一次抱她,就像抱女儿妞妞一样,那么轻,身上的骨头夺在我的臂弯里,仿佛稍微用力就会粉碎。曾经她引以为傲的及腰长发早已无影无踪,取而代之的是稀疏的银发,发梢贴在耳畔,像个外国小男孩。如今这用了二十年的凤凰牌毛巾被包裹的轮廓,就像被过度开采的矿山,萎缩成了小土丘,望着夕阳西沉,默然而憩。

在她一旁是另一个枕头,偌大的床她也只睡了三分之一,枕头还是那对用了几十年的枕头,小心翼翼地铺着牡丹图案的枕巾,这枕巾如今都不知道何处还能买得到。望着母亲身旁空着的大半张床,我突然全部理解了母亲:她的生活在这,只能在这,永远在这。她的时间停留在了这里,而我,再也回不去了。

楼下是妻在按车喇叭,虽然只有一声,可依然那么刺耳。我有些慌,有些气,拿起电话刚想骂,一看是9个未接来电,尴尬地告诉妻马上就来。母亲抬起手扬了扬,这便是道别了,像极了我第一次搬出去时的样子,从那天起,我就成了这屋子的客。

生命太贵，不必破费

　　像我这个年纪能找到一份这样的工作，已经很不错了，不要要求太高。在这个院子里当保安是挺安逸的，只要你不要太管闲事，但是该管的都管好就是咯。我们年轻那时候，退伍的兵第一选择就是当保安，没有那些军官那么好命，一转业到地方直接就是什么科长、处长，我们这些农村兵想要到城市挣口饭吃，一是当保安，二是当司机。当司机得有个前提——你是在部队学过开车，不然无论是当出租车司机还是给领导、老板开车，那别人不得要，人家虽然也想要个保镖，可最主要还是得会开车，难不成老板给你开车，搞笑！

　　我们年轻的时候就是喜欢制服，原来穿军装，当保安能穿迷彩服，每天训练站岗巡逻，感觉还是个兵，感觉还在部队，喜欢那感觉，习惯了，毕竟整个青春都是在军营里度过的。我在一些厂子里面当过保安，那时候跑得快，抓过几次盗窃的。当上队长以后，训练新人、联络派出所都是我的事。有次巡夜，遇到一股邪风，居然把电线杆子都要刮得摇晃起来，那电线杆子断了可不得了，整个厂都得停电停产。我一看不好，不知道中了什么邪，一根筋地跑过去扶，没想到电线杆子真的倒了下来，来不及跑开，我的膝盖骨被压碎了。打完钢钉住了一个月的医院，在家又休养了三个月，虽然算我工伤，我也不好意思白拿单位的工资，离了职。以后就只做小区的保安了，就这也得熟人介绍，跑不了多少路，值夜班还是可以的。

　　现在的年轻人愿意当保安的也不多，能来的就是来玩手机的，怎么劝也没用。也是，那么点儿钱指望谁卖命哪？我们这些就是摆设，防君子不防小人。我当了几年小区保安也掌握了规律，高档小区、机关单位监控系统完善，只要你服务态度好，业主满意零投诉，巡逻打卡准时到位，绝对是优秀员工。但是绝对别想偷懒，逢人都得赔着小心，能住进来的有钱不一定素质高，一言不合把你投诉了，你就得走人，没什么好说的。低档小区一般请不起保安，有一个两个也都是管事的亲戚。谁是管事的？你家有个婚丧嫁娶你找谁谁就是管事的，明白啦？最好的还是单位房改那些时候建的小区，这居民们他本就认识，熟人社会，每个人可都是义务管理员，在这些地方做保安，更像是居委会的助理，帮忙收收停车费，找找车位，街坊邻里有些什么难事杂事帮帮忙，见有闹意见的拉拉架，自己也变成这小区的一员，心里踏实地认真活着，这不，体重也渐长了。

我也没什么好想的，女人跟着我不受苦比什么都强。没孩子，不知道是她不行还是我不行，她常常为了这事儿觉得对不起我。我不怪任何人，我是家里老幺，上面三个哥哥都生了儿子，香火断不了，咱们这种二人世界多少人羡慕还没呢。女人在家做粽子卖给早点铺，小区周围十几家都跟她订货，生意还行，有时候我下班了也会帮帮她。咱们想好了，攒够了养老钱就回老家去，嘿嘿，房子盖好都装修了，留给谁？爱谁谁，想不了那么远的事儿。

咱们这院里吧，老头老太太不少，还有些为了孩子读书搬进来的，附近几所重点呢，别看这里破破旧旧的，房价高到天上去了，说实话，要是真的能找到门路上学，谁花那么多钱买房？是不是傻？住下来了也不太平，6栋3楼都被投诉好多次了，说是天天吵架、扔东西、打骂孩子、吵嚷哭闹严重扰民。上次有个街坊直接报警，我上门去看看情况，硬是不开门，还疯狗一样乱喷，警察来了才消停。两口子吵架闹离婚，把孩子打得青一块紫一块，怎么当父母的，像什么话！给我养得了。

这么些人要生活，白天青壮年上班了，老弱病残都在家，能住得起这里的，多半都能请保姆、阿姨帮帮忙，这些女人也都不容易，离乡背井地到大城市来寻工作，可是工资也高，做的不

都是些家务吗？有时候我也挺羡慕她们的，还动过心思想让家里的也去干这行。家里的不吭声，半晌才说老的她不想照顾，小的她不会照顾，搞卫生她不想干，我也就算了。也是，上次有个老教授晕倒在家里了，把那阿姨吓得话也说不出，跑到岗亭找我，问了半天才知道是怎么回事。我帮她叫了120，又联络了家属，家属和120赶过来的时候人已经走了。还好家属没责怪阿姨，毕竟平时都是阿姨在照顾，可是谁遇上这种事儿不都觉得晦气吗？照顾小孩的一样不太平，8栋有家人，一个月里面请了四个阿姨，都是干不了几天就不干的，也不知道是孩子不好带还是嫌工资低，最后一个一言不合，和业主在电话里就吵了起来，大中午的就走了，把孩子一个人扔在家里没人管，邻居嫌孩子哭太久怪吵的，投诉到我这。我把家长叫回来才发现阿姨已经走了，还好没出什么事儿。

啊呀，那些失恋了喝醉酒闹事的，乱扔垃圾的，占道乱停乱放的就更别提了，生怕我们闲着没事儿似的，也好，我这工资赚得值。疑难杂症也不是没有，比如13栋一楼有位大爷，愣是把家旁边的停车位圈起来，坚持一定要自己家的才能用，白天黑夜守在那儿，和他老婆一个白班一个夜班，谁要是停在"他们家"车位了就过去吵。怕事儿的怂了走了，不怕事儿的也怕吵赢了把老人家气死了被碰瓷儿，骂几句就走了。还有的有些小机灵，老人吃饭的时候都端着碗守着，上厕所可不还得进屋吗？就趁这个时候停了车，这下可好，轮子上扎个钉子，雨刮上压块砖头，底盘下弄块水泥，车门上就给你划上几条完美曲线，任凭你气得跳脚也没用。抓不着啊！你还真为这事儿耽误半天报警处理啊？终于有人用万能胶把他们家门堵了。请消防队来拆门那天，老爷子骂了一上午，口若悬河、声嘶力竭，当天就装了摄像头，还用黄色油漆把那两个车位划了两个禁止停车的大叉。我们队长去劝都没用，全给打回来。这事儿用了半年时间，让院子里的人都习惯了，也没谁再去他们家旁边停车，也没再吵闹过，大约都累了。生命太贵，不必破费，不早了，洗洗睡吧，我还要值班呢。

13 栋 101

好死不如赖活着。是，我是无数次想过自我了结，难道有错吗？老子烂命一条，活够了！是，命是父母给的，可是他们走了那么多年了，这命难道我自己还不能做主？再说了，这日子还能过吗？那两个小兔崽子就知道要钱要钱，我哪来那么多钱给他们？他们就来打我房子的主意。呸！没门儿。只要老子有口气在，你们想都别想，做你的春秋大梦去吧。做生意，做个屁生意，生出一大堆歪主意。老伴儿你快看着去，我要去上个厕所，谁乱停就让他们尝尝厉害。

这么多年我容易吗？退休快二十年了，这房子也越来越破。你看，这自来水管漏水他们也不来帮我修，我只好用桶子接

水,两个小时换一只桶,煮饭的淘米水拿来洗菜,洗菜水拿来拖地,洗拖把水拿来冲厕所,就是按这个顺序用的,洗澡水也是留着洗衣服,洗完衣服的水拖地、洗院子里的地板。马桶不用蓄水就是个摆设,还是蹲坑好用。还有这管道煤气,十年前统一报装,我愣是把钱省下来用瓶装气,为了更省钱,一直留着煤球炉用煤球。现在买不着煤球,我就到小区垃圾桶去捡纸皮箱,谁家装修扔掉的旧椅子旧沙发有木头都拆下来做柴火,有时候大丰收,一个院子都堆满了。哼,投诉我烧柴火熏人,我在自己家想干什么就干什么,我烧你们家柴火了吗?嫌熏把窗户关上不就完了吗?你们家家都有空调,你关上门窗享受空调去啊。

这一楼太潮湿,最近这腰骨、腿骨都开始疼,估计是雨季又要来了。大媳妇还好,还会给我拿条拐杖,小媳妇自从进了门,连个屁都没放过。这辈子还能指望谁?这辈子都耗在这俩儿子身上了。这车位不就是给他们用的嘛,偶尔回来才停那一会儿,一回来就知道要钱,这俩小兔崽子。再说了,那车的尾气也太臭了,每次停在我们家旁边,那股味儿闻得我直犯恶心。关上窗户又闷,我不弄几个路障,不让他们停,难道把我自己闷死吗?再说了,我住进这院子时的老伙计都走得差不多了,这一家家一户户现在住的这些小屁孩儿那时候都不知道在哪儿游泳呢!以前修这个路,就没规划停车位,现在这都是乱停乱放。许你们画停车位,就不许我画吗?我家门口的当然是我家的停车位了,你看这一家家一户户的,住一楼的不是都把院子占了吗?住顶楼的不是都把天台占了吗？这院子、天台哪块砖写进房产证了？人家占得，凭什么我就占不得？还骂我？算老几，哼！

毛主席说了，与天斗，与地斗，与人斗，其乐无穷。儿子们不来的日子，哪怕吵吵架也挺好的，呵，我看他们那些怂包也吵不过我，我凶他们几句都跑了。这些人，抗战的时候都得是汉奸，几句话就招，都不用上刑，没有一点儿斗争精神。我看那些有血性的干革命的都被鬼子杀了，没留下好种。我这好种却是生不逢时，唉。那些个好好跟我说的，我也看不惯，低三下四的，赶紧轰走。那些凶巴巴的，都是纸老虎，你吵，我声音比你更大，骂得比你更难听，你们没一个在理的。反正就是不给停！谁也别想在我们家门口撒野。

人活着就是苦啊，我出生的时候还没解放，后来又碰上三年自然灾害，家里父亲兄弟死的死，散的散，娘把我一个人拉扯大，营养不良，长得矮，要像现在的小孩儿那么吃，我也能长成一米八大个子。闹"文革"，婚还是得结，组织上介绍，认识了老伴儿。生完俩娃，我都快四十了，计划生育就计划生育吧，又来个下岗待业潮。咱们也没什么本事，不像有些人下海经商，乘着改革开放的东风，很快就发了。还好单位关停并转，把我们这些保护线的老同志都转到这个单位，虽然是工人编制，可也有房子分，一楼潮湿，个个都不要，我们这些工人编制的就拿了一楼。这么潮湿的气候，我都忍了这几十年，难道圈个院子，圈个停车位不应该吗？什么管理处，什么保安，就是收停车费的，我家停车费你给我了吗？你画这个停车位谁批准的？谁负责的，站出来！经过我们这些业主同意了吗？里面有什么猫腻？那些乱停车的，我凶他们一下，不让他们停车不行吗？你停一下你是方便了，我这可闻着你那臭气呢！还有，现在的人，个个都赶着去投胎一样，人家停车下客稍微停了一会儿就狂按喇叭，震得我耳朵都要聋了，脑壳发昏；还有些人，白天睡觉，晚上活动，是老鼠、蟑螂吗？大半夜的跑过来停车、取车，人家不用睡觉了？真是岂有此理！

　　我就给他车上画个道道，我就给他雨刮上压块水泥块，嘿嘿，看不见吧，一开雨刮你就看见了，悔死你！我就给他轮子底下、车底下加块砖，给你车挠挠痒痒。我还要给他车轮子上扎颗图钉，要不干脆拔了气门芯，不是喜欢停车吗？等你跑到路上让你好受。下回你们就不会在我这停了。结果倒好，还堵起我的锁眼来了！你来啊！有种你露个脸啊！明人不做暗事！我干得出来就不怕你报复！你看，我一个电话，消防队就来了！我一个电话，警察就来了！看谁厉害！堵我的锁眼，哼！我门都不要了，你有本事晚上来杀了我呀！我就敞开大门等你来！儿子总算干了件好事，对，就把监控装上，我看看是谁那么有种来堵我们家锁眼子。

　　我就知道是楼上的干的，是不是你？201？301？401？不是你们还有谁？啊？还有202、302、402，你房子卖不出去怪我啊？我烧柴火熏着你们了，我不让你们停车让你们不方便了，难受了是吧？一个个肥得和猪一样，还不多走点儿路？懒死你们了，我一烧柴火你们一个个不都像熏猪肉似的吗？我这葡萄藤爬得这么好，这么茂盛，都快上三楼了。二楼你偷摘了我多少串葡萄我不知道吗？我都数着呢！你不得给我葡萄钱？你要非在我门口停车，你不得给我停车费？！乱扔烟头的，是不是你？302！我早就看你不顺眼了，那么有钱，天天抽烟，一根接一根地抽，还嫌我们家柴火熏你，你自己都把自己熏成腊肉了！那么有钱抽香烟，你直接烧钱啊！停个车都不愿意多走几步，买烟你不嫌麻烦？人民币一卷，直接抽啊！401的那娘们儿，是不是你！往我院子里扔卫生巾！保险套，卫生纸！还是用过的！你恶心不恶心？！你缺德不缺德，啊！你，你，你……我，心……闷……

好了，没事儿了，行，我进屋休息，老伴，你守着。把我气死了，找他们赔钱！哼！

停　车

　　吃饭吃出来一肚子气，庄士杰感觉自己一点儿饥饿感也没有，哪怕一顿饭他也就吃了半块鸡胸肉，还像嚼蜡一般。是啊，气都给气饱了，车上坐着的都是家里人，老的小的，一时也无处发泄，只得自己憋着。

　　今天这饭局是为了感谢老丈人，毕竟自己的工作是老丈人帮忙介绍的，一直以来每次升迁都得老丈人出面打招呼。最近单位有人事空缺，是自己想了好久的机会，这不家里团聚，想找老丈人跟领导提议一下，没承想，成了一场当众批判。原来单位领导在老丈人面前说了不少庄士杰的不是，看来这次升迁是没机会了。老丈人把领导提的庄士杰的缺点一个个数过去，父母和妻儿都看着自己，庄士杰只觉得一刀刀刮在自己身上，也不好辩解什么，他心里明镜似的，领导早就有了别的人选，不说这些怎么能回绝老丈人呢？可是心里却也憋屈得很，这一桩桩、一件件哪件不是照领导意思办的呢？委屈又怎么样，事情是自己做的，一人做事一人当，怨不了别人。幸亏有可爱的小女儿让老丈人开心，把自己从那话语的凌迟刑台上搭救下来。

进了大院儿，看到平时放着雪糕筒的路边也停满了车，他在心里骂了一句粗口，回来晚了就没地方停了，这就是这大杂院儿最糟心的地方。

家人们都下了车，先回家了，自己继续找车位。他早就习惯了停下车后抽根烟，在车上听听音乐，刷刷手机，不受干扰地待那么一小会儿，短则十分钟，长则半小时。不为什么，就想静一静，做回自己一小会儿。

他缓缓地把车速控制在时速20公里，不时地扭过脖子看看岔路里面还有没有遗漏的车位，又或者有没有人马上要出车，自己好排队补位。哟呵，还真给他找着一个车位，就在右边的拐角，斜坡上空着呢！他连忙拐弯开了上去，到跟前才发现，一个女人抱着狗正站在车位上。他摇下半个车窗说道：

"麻烦让一下，我要停车。"

那女人也不理睬，故意别过脸去。庄士杰探头一看，旁边还放着好些个行李，大包小包的，这是在等人吗？他把车窗全部摇下，大声说道：

"这位女士，麻烦让一下，我要停车！"

那女人这才转过身来说：

"这个位置有人了，你再去其他地方看看吧。"

庄士杰明白了，这是在占位置呢！不知道怎么一股热气涌上来，他压着怒火大声说道：

"怎么叫有人了？这是车位还是人位啊？"

那女人也不甘示弱，厉声说道：

"大院儿里不都是这样的吗？明明是我先来的！先到先得啊！"她抱着的是只咖啡卷毛的泰迪狗，也跟着一起"汪汪汪"地叫了起来。

庄士杰仿佛一肚子的气找到了出口，珠连炮似的喷了出来：

"嘿！有车到了吗？我怎么没看见哪？我还偏就停这儿了！什么叫大院儿里都这样？我可没听说！行啊，咱们就耗着吧，我就在车上等您让位。"

说完，庄士杰索性把车窗关上，直接挂了停车挡，把音乐开到足够大，让那女人和狗都听得清清楚楚的，正放着客家摇滚乐《莫欺少年穷》。庄士杰心里想，还治不住你这病了！

那女人显然慌了起来，自然啊，庄士杰有车坐，有空调吹着，音乐听着，还可以刷刷手机，她抱着狗，这前后来车也停不进来，一个劲儿地干着急。她一边胳膊夹着狗，一手拿出手机吃力地拨了号，对着电话那头老也不来的司机吼叫着。

庄士杰在车里看着她的表演，一时间竟然十分惬意。此时，一个穿着睡裙的中年女人明显刚倒完垃圾，冲着女人笑脸相迎，又逗了逗狗，听不见她们说话，庄士杰也可以脑补出她们都在说啥：

睡裙女人：哟哟哟，小乖乖好可爱哦。

抱狗女人：姐你好呀，出来倒垃圾呀？

睡裙女人：对啊。你怎么在这儿啊！天要下雨了，赶紧回去吧。

抱狗女人：不行啊，老公的车还没回来，本来占了位置的，这个臭司机就不把车开走。

睡裙女人：哦，哦，看看找保安协调一下吧。

抱狗女人：保安说不管这事儿，真烦死了。

睡裙女人：那再看看，现在的人就是素质低。

抱狗女人：就是，先来后到都不懂。

睡裙女人：那我先回去了……

庄士杰明显看到了抱狗那女人对他指指戳戳，还翻了一个大白眼，还有睡裙大姐一副不想管闲事的模样。这会儿，老婆打电话来问他怎么还没回家，他回答还没找着车位。是啊，还能怎么办？等呗。

打完电话抬头一看，后面来了一辆车，那女人也刚刚接完电话，气得跺了跺脚，抱着狗坐上那辆车走了。庄士杰看到那堆行李都被放到了旁边车位，自己赶紧倒车进库。

刚停好车，有人敲车门，庄士杰一看，是保安李哥：

"是您啊，我就问问那堆东西是您的吗？"

"不是啊。"

"那就是刚才那大姐的了。"

"那谁啊，我不认识。"

"唉呀，都是住一个院儿里的，这车位有限，我们也没办法，我也就问问，您多见谅啊。"

"行。"

"我还得在这儿看着，等会儿东西丢了说不清。"

"好，那谢谢了。"

庄士杰本想在车上静静地享受片刻的独处，看来也不行了。也好，早点回家。

心 情

什么会影响心情呢？一首歌，天气，还是荷尔蒙，我们不知道，但是总有那么一些人，不喜欢别人高兴，也总有那么一些人不管别人高不高兴，只要自己高兴。总的来说，心情是属于自己的，今天你开不开心，明天你忧不忧郁，除了你自己或许只有真正爱你、关心你的人才会在意。所以，总有一些人像打不死的小强那样，如果其他人遇到这样的境遇或许早就自我了断了，可是这些小强们，却依旧悠然自得，接纳一切享受当下。最能耐的自然是绝处逢生、否极泰来者，他们总是善于在逆境中找到一条生路，一切果都有因，一切因皆有果，执念是地狱，转念是天堂。

还有一种人总是不悲不喜，他们似乎对任何事情都不会掀起波澜。可是作为人类，我们还是需要心情的，不一样的心情，让生命充满不一样的颜色，仿佛每天都在进行新的冒险。生活已经如此枯燥乏味了，为什么不让心情成为那难得的调味品，来舒缓我们的神经呢？接纳你的心情，哪怕是忧伤也应该去享受，如果是快乐那更要分享，让这一加一大于二的美好果实，成为人们快乐之源吧。

读完这一段的我终于如释重负地摘下耳麦，全身放松瘫坐在书桌前，享受属于自己的片刻宁静。这些话我非要说吗？并不是。平台上的粉丝数增长得越来越慢了，收听率更是大幅下滑，看得出来，不少都成了僵尸粉。失落感不是没有，可是，又能如何呢？傲娇如我怎么可能去变着法子取悦听众？毕竟这个网络电台开播之初，也只是为了取悦自己。

我时常反复地听自己的录音，沉醉在同频共振之中，惊叹于自己国家级话剧演员的吐字发音，起承转合，感情充沛而不黏腻，语意鲜明而不凌厉，多美！美好的文字，悦耳的声音，高雅的艺术表现力，在优美的旋律中缓缓道来……可是，为什么就越来越没人听了呢？

真是个傻瓜，虚荣的笨蛋！既是取悦自己，为何又在意听众了呢？过去那一条接一条的恭维留言能让你心花怒放，如今空白的留言区一样可以让你心无旁骛地自我欣赏。说到底，还是虚荣心狭隘作祟。没有美丽的皮囊，从来不知被人倾慕是何滋味，如今居然被这毫无成本的虚伪奉承灌了蜜糖似的上了瘾，呵呵，现在的你和你曾经嘲弄过的那些吃青春饭的花瓶，有何不同？

拉起窗帘的一角，刺眼的阳光照射着惊跳飞舞的灰尘，适应了一会儿，看着路上的行人，没人抬头望一眼，他们早就忘记了我的存在，他们中很多人根本不知道我的存在，他们或许从未关心过他人的存在，只是不断地路过，路过一个又一个和他们一样行色匆匆的人。我感到自己的存在，我的声音，我的肌肤，我的毛发，我的……

没人抬头望一眼，如果有人抬头，他们能看到的也只是一扇反着光的玻璃窗，就像我看对面楼的窗户那样，或许偶尔会渗透出一点儿灯光。我像个偷窥者一样，追踪着一件红衣服，直到它消失在一片树荫下；我像个摄像头一样，巡视着自己的责任范围；我像失去超能力的上帝，无能为力地看着世事变迁。这些又与我何干？

头有些痒，该洗了。摸摸头发也老长了，我实在不愿意照镜子，看着那一对平淡无奇的眉眼，平淡无奇的塌鼻梁，平淡无奇的薄嘴唇，外星人来了也一定在人群中分辨不出的没有丝毫显著特征的一张脸。我看得出来他眼里的怜悯，哪怕他极力掩饰。其实，我又何曾需要任何人怜悯呢？我比他们绝大多数都更坚强吗？可是活下来比自裁要困难得多，正是因为这样，我一直自信于生命的倔强，我从来不需要别人的怜悯，我甚至为他们的这种自我感动而感到厌恶，是的，我也极力掩饰我的厌恶，正如他们掩饰自己的怜悯一样。

大师们都活在他们写的书里，都活在那一个个字里，我时常翻书阅读，仿佛来到他们的课堂上聆听。这穿越时空的真理、箴言，是最纯净的音符，击打我的灵魂，敲出沁人心脾的美好乐章，在我心里留下绚烂的玫瑰花田。所以，有时候我又庆幸自己如此自由无拘，任意徜徉，是的，他眼里似乎也有一丝艳羡，从无尽的疲惫中抬头张望。

我是他的压力源，我们都深知这一点，难得的是他扛下来了，扛下了所有，扛下了常人无法想象的一切，我骂也骂不走、打也打不走的这个人，他就这么守着我，仿佛这比任何事都重要。我知道，哪怕所有人都成了僵尸粉，他还是会每天听我的电台，一遍又一遍。

楼上的节奏时快时慢，时断时续，我转头看向他，他躲着我的眼睛，这是禁忌的话题，这是禁忌的思想，这是一切不可说的痛。可也只是棉花上的一根针，扎在我毫无知觉的腿上。房间的空气浑浊起来，他起身，默默无言地拿走了排泄袋，去了洗手间。楼上的声音停了。窗外，有对雀鹛在跳。

清　晨

清晨，鸟儿们聒噪的早会准时开起来。伴着清洁工节奏稳健的清扫声，我从梦中醒来。朦胧之中，借着晨曦的微光，灵魂游离在现实与梦境之间，竟然沉醉不想起。梦里的我成了老师，正在教室里上课，孩子们很淘气，我只好讲故事来吸引他们的注意力，讲的是小猫钓鱼的故事。小猫从三心二意到一心一意，终于钓到了一条大鱼，美滋滋地回家了。家，是个生字，于是我转身在黑板上示范写"家"字，可是写了很多次都写不好，擦了重写，一遍又一遍。

总是醒得比他早。蹑手蹑脚地洗漱，扎起头发，进到厨房，关好门。早晨不想让头发粘上油味儿，何况煎炸炒似乎总是杀气腾腾，大动干戈，闹出许多动静。因此，我总是喜欢蒸煮的，煮蔬菜，蒸番薯，还有圆圆的带壳蛋，偶尔灼烫黄瓜、小番茄，黄瓜蘸青芥酱油，番茄原味一口一个。他喜欢中式早餐，于是煮个面条，蒸盘饺子，白粥必不可少，还好有橄榄菜、小鱼干等杂咸佐餐。冰箱里的牛奶要提前拿出来温热，酸奶也要放到常温，不至于太刺激胃，至于偶尔想喝果汁，自然是鲜榨的好，再来点小花生、小核桃……

一桌子满满当当，色彩斑斓。可是，他还在睡。要不要叫醒他呢？时间还早，看着他酣睡的模样，仿佛一个巨大的婴儿，浓密的眉毛，让女人羡慕的长睫毛在层层眼皮一侧微微颤动，鼻翼微张，高挺的鼻梁勾勒出整张脸的制高点，黝黑的皮肤，胡茬儿一个晚上的时间又占领了嘴唇四周，丰厚的唇，竟然在微笑呢。硬朗的下巴之下，露出被单的是起伏的喉结，我忍着笑，想要挠挠他，竟然冷不丁被他揽入怀中。走开走开，快点起来……刷牙刷牙，熏死人了……好了好了，饭都好了，要迟到了……

相视一笑，慢慢地喝下一杯温水，开始认真地咀嚼，先从蔬菜开始，然后是蛋白质，最后是碳水化合物，细嚼慢咽，充分感受食物在口中被切割，被碾碎，被研磨，唇齿间，就这样滑进身体里，萃取精华，变成身体的一部分。要说养身自律，我绝对是个好学生，从母亲那里承袭的从二十世纪八十年代开始风靡全球的四格饮食法，两份蔬菜，或蘑菇，一份蛋白质，肉蛋奶鸡鸭鹅鱼虾蟹，最好去脂，再加上一份碳水化合物，粗粮最好，玉米番薯土豆南瓜胡萝卜,一小把干果,偶尔用水果替代,完美避开粥粉面饭,每天八杯水,配合散步等懒人运动。拜母上大人所赐秘籍,初中以后,我的身高体重基本没变过。

对面的他,筷子尖拈起一丝黝黑的橄榄菜,铺在雪白黏稠的粥上,顿时一片青绿色的菜油蔓延开来,还没来得及画上一幅水墨画,呼噜呼噜,被一口下肚。中国人中国胃就得吃中国饭,他总说。我也不示弱,论营养学,我可以连说上一天一夜,他辩不过,总是悻悻苦笑一下,叼上一根烟走到阳台,或是回到卧室换衣服。今早竟然相安无事,大概是刚才一番运动释放了积蓄的精力,荷尔蒙水平降到了与世无争的水平。

看见他出门拿了个巨大的箱子,长长的背影消失在甬道。莫名哭泣起来,渐渐无法呼吸,心上越来越重,越来越重,终于挣扎着坐了起来,这回是真的醒了吗?天色蒙蒙,有节奏的扫地声依然稳健,鸟儿们的鸣叫此起彼伏,这是清晨五点的大院。旁边是他,难得留宿一晚。我趿着拖鞋,噼里啪啦地走到冰箱前,打开冰箱门,还有一盒牛奶,直接喝下,冰冷的感觉让我清醒了不少。他终于醒了,一言不发地穿上衣服,上完厕所,走到门边,只说了句,想我就给我打电话,看了我一眼,从外面关上了门。

我双手不自觉地插进乱发里,一屁股坐在凌乱的床上,发出咯吱咯吱的声响。半晌,总算缓过神来,梳洗完毕,换上一条连衣裙,拎着包出门。遇见楼下的邻居,打了声招呼:你妻子的电台我每天都听的，真的很不错。他脸上浮现出笑容，让我放松下来，这放松居然让我不自觉地又说了一次：你是知道的，我丈夫去了美国。邻居又一次仿佛很理解似的点点头，把半透明的黄色塑料袋装着的一大堆尿不湿扔进了垃圾桶。

我走在路上，孩子们都背着书包机械式地往前走，谁都知道无论是否情愿，这都是条必经之路。天知道我为什么要报那么多班，听那么多课，没人相信我已经退休了。可是我得去上课，无论是给孩子们讲英语，还是去保险公司听投资理财，我只想填满这漫长的一天，这醒着的十六个小时。肠粉面馆热气腾腾地烘托出一早的喧嚣气氛，排队的各路仙人们包裹着仙气，算是店家一早送上的免费美容熏蒸。我坐下，要了一碗牛腩面加蛋，外加三元钱的生菜。蔬菜，蛋白质，碳水化合物，一口一口地慢慢咀嚼。对面是匆匆的行人，迎着朝阳走向各自新的一天。

Lollipop & Marshmallow

棒棒糖！妈妈给我买了一支棒棒糖！绿色的，是苹果味！咦，这是什么？是棉花糖吗？好开心，谢谢妈妈！妈妈抱抱！妈妈帮我打开嘛。姐姐不要过来！这是妈妈给我的！不是给你的！我不要明天吃，就要现在吃，就现在！奶奶，你能帮我打开吗？嗯？有点黏吗？没有坏，妈妈说她一直放在身上，有点融化了。没有变质，快给我吃嘛！棒棒糖真好吃！

妈妈，我把棉花糖藏起来了，不告诉爷爷，不告诉奶奶，不告诉爸爸，不告诉姐姐，也不告诉你。你又笑，又说我听不懂的话，什么为我党培养了忠诚可靠的地下干部，今后革命后继有人。我不懂你说什么，但是棉花糖，我是不会给姐姐吃的。你下班回家带回来的，一个棒棒糖和一个棉花糖，都是给我的，可是姐姐又要，为什么要给姐姐？她经常骂我，不给我玩她的玩具，我才不给她呢！

嗯？棒棒糖和棉花糖有什么不一样？一个是绿色的，一个是白色的。嗯？还有什么不一样？一个硬硬的，一个软软的。嗯？还有不一样？一个有棒棒，一个没有。棉花糖还有个袋袋呢！上面有个小蘑菇。嗯？Marshmallow？棒棒糖呢？Lollipop？真好玩儿。还有Lollipop，棒棒糖的歌吗？……真好听！那棉花糖的歌呢？也有？……好听。

今天爷爷带我出去玩，又给我买了好多好多贴纸，好多好多糖，他叫我不要告诉妈妈。不要告诉，这是一个好玩的游戏。那天奶奶带我去玩，我跑得太快摔倒了，手臂出了好多血，很痛，我哭了，好大声。奶奶给我买了糖糖，叫我不要告诉妈妈，她帮我涂了药膏，洗澡的时候不能沾水，很快就好了，要穿长衣长裤。昨天在幼儿园，小小推了布丁，布丁的膝盖破了皮，杨老师叫小小向布丁道歉，叫布丁不要告诉大人是小小推的，要说是自己不小心摔的。那天，爸爸带我到外面吃饭，和一个阿姨一起吃，那个阿姨好漂亮，好香，她亲了我，也亲了爸爸，爸爸叫我不要告诉妈妈。她的指甲好长，上面有朵花，把我手划了一下，好痛，我不喜欢她了。大人们都好喜欢玩这个游戏呀，不要告诉的游戏。

棒棒糖的歌比棉花糖的歌好听。棒棒糖的歌是四个外国阿

姨唱的，她们长得和妈妈不一样，头发是金色的，卷卷的，鼻子好长，眼睛好大。她们一直在唱lollipop，lollipop，就是一直在唱棒棒糖，棒棒糖。棉花糖的歌好好听，还有人跳舞呢，好像是哥哥，又好像是姐姐。妈妈说是哥哥，但是叫我不要学他们的样子，要像个男子汉。他们唱歌跳舞，不是男子汉吗？妈妈说他们的头发太长了，衣服太花了，不像男子汉。我觉得他们像姐姐，像阿姨，像和爸爸吃饭的阿姨，我不喜欢他们了。还是棒棒糖的歌好听。

我好喜欢吃棒棒糖，我可以吃完的，我不要明天吃。我不想刷牙，我早上刷过牙了。妈妈又放了一遍棒棒糖的歌，我觉得有点吵，不好听，棒棒糖的歌不好听了。我要听超级飞侠歌，我要听喜羊羊歌！

爸爸妈妈要上班，上班是为了赚钱，赚钱可以给我买玩具，买衣服，买吃的，我可以上学，可以有老师陪我玩，给我洗澡，给我喂饭。姐姐要上学，爷爷奶奶和我在家，爷爷奶奶不用上班。可是爷爷奶奶不给我看电视，说我闹，我有画画手机，我要用宝宝巴士学习，我要用手机学习英语，还有小鹦鹉，还可以看超级飞侠团队，汪汪队。妈妈，我要看汪汪队！我要看汪汪队嘛！

妈妈，你吃一口吧，棒棒糖好甜，好好吃的。你刷过牙了？那你舔一下，不用碰到牙齿的。你不吃糖吗？好吧，你看我，舔一舔。今天下雨了，好大好大的雨，下了一，二，三，四，五，六,七,八,九,十,十一,十三,十四,十七,十八,十九……那么多的雨呢!嗯?错了吗?没有错,你看,你数嘛,数手指头,一,二,三,四,五,六,七,八,九,十,再数脚趾头,十一,十三,十四,十七,十八,十九……对了吗?嗯?不对吗?妈妈,你看,棒棒糖只有一个小点点了,哈哈。

妈妈,我棒棒糖吃完了,我想吃棉花糖,我才不要留着明天吃,我的牙齿才不会长虫虫,我的牙齿才不会痛呢!妈妈,你在干什么?写字吗?写字要用笔的,不能玩手机!妈妈,你看我嘛!我在这!妈妈,你能帮我打开棉花糖吗?为什么不理我,我再大声一点。妈妈,你能帮我打开棉花糖吗?打开了!哈哈,棉,花,糖。好香,好软,好甜啊!可是……

嗯?棉花糖好黏。妈妈,我不要吃棉花糖了,棉花糖好黏。妈妈!给姐姐吃吧。我要去玩玩具了!

我愿像个孩子一样离开

我妈又开始数落我了,其实我也明白她为什么这样,毕竟我们家没有养猫养狗,也只有我可以供她发泄一下情绪了,爸爸早就躲得远远的,不过午夜十二点不回家。虽然妈妈经常数落我,可是一点儿也不闷,她说的话总是那么有创意,仿佛酷刑史描绘的中世纪监狱里数不胜数的刑具,变着法子扎我的心。她总是说这是为我好,以后走上社会没有人惯着我,人们会比她更加苛刻和严厉,可真的如此吗?至少我老师不会朝着我歇斯底里几小时,也不嫌累得慌。如果老师像我妈这样估计得过劳死,算工伤吗?应该算吧。但是我觉得我们老师压根儿不可能这样对我和我的同学们,毕竟,我们之于老师就像客户之于我爸,服务得不好客户可是可以投诉的。至于老师们有没有想过要给我们点儿颜色看看，我觉得应该有，就是在她撕卷子扔到垃圾桶的时候，虽然老师没看我们，但那感觉，我就觉得嗓子一紧，喉咙发干，使劲儿咽了口唾沫还是觉得喘不过气，仿佛自己的魂儿有一部分随着那被划得乱七八糟的卷子一起，被老师恶狠狠地撕个稀碎，扔进了深不见底的垃圾桶。

　　书包很重，扔到沙发上。小时候，如果是爷爷接我，他会帮我背的。我喜欢爷爷接我放学，他会安慰我，温和地跟我讲很多道理，和他小时候的事儿。只要我开口要买零食什么的，他都会给我买。当然我也不是个贪心的人，我只是想吃点甜的，或者得到一个小玩意儿，就会觉得很开心。有时候爷爷还会给我奖学金，只要进步了、完成作业了就有，考得好还有大奖，当然我很少得到大奖。可是妈妈不一样，别说奖学金了，半毛钱也不会给我。她不会帮我背包，不会给我买零食，更不会给我零花钱，她总是告诉我要自立，自己能做的事情自己做，少乱花钱，少玩游戏，少提要求，仿佛我只要晒晒太阳淋淋雨就能长大了似的，就像路边的野花野草。我经常怀疑我不是她生的。不过我看过她肚子上的刀疤，还有一条条淡淡的像火星上的山脉一样的花纹，她说是我给撑的，然后又开始从她的嘴里扔出各种榔头、棒子刑具般的狂风骤雨。她第一次跟我说生我的痛苦时，我真哭了，有点儿害怕，觉得自己根本就不该出生，现在听多了觉得，我妈是真恨我，连带恨我爸，因为我她再也不敢穿比基尼，因为我爸才有

了我,我也相信我是她亲生的,因此她才会恨我,才会数落我。她确实是爱我的,不过用的是恨的方式,或者说她有多爱我,就有多恨我。

她的各种创意都呈现在她的言语里,她甚至希望我赶紧找个媳妇儿,这样数落我的工作就可以交接给我媳妇儿了。但是我却不这么想,我感到媳妇儿将会和我同步出现在我妈的咒语里,她不是继承我妈,而是继承我在这种关系里的角色。所以我为什么要结婚呢?我丝毫不觉得婚姻能够给我带来幸福。看看我妈,看看我爸,看看周遭的人,不,我不属于婚姻,婚姻也不属于我,婚姻属于那些作茧自缚甚至自掘坟墓的蠢人。这些蠢人经过一代代繁衍,终于有了这么特立独行的一个我,我又何必走回老路?可是不走回老路去继续繁衍,我这种基因恐怕无法传承了!哦,原来,这就是蠢人一代代生生不息,而特立独行就此终结的原因,因为特立独行的基因从来没有机会繁衍复制自己。这真是一个可爱可怕可悲的两难。

只要母亲继续数落我,我将继续是一个孩子,我长大的动机被这些咒语封印了,就像一个玻璃罩,把我罩在其中,看似透明却无路可逃。嘿嘿嘿,你骂就骂,干吗扔我手机!出了钱就了不起吗?又要给我买又不给我玩这是什么意思?一边节约一边浪费钱是什么意思?我这才多大找什么媳妇儿结什么婚?你每天诅咒我爸死在外头是什么意思?你不想想你男人天天躲着你是为什么?你现在也就能欺负我不是吗?你把我养废了不就是方便你有人可骂吗?你骂我我成绩就好了吗?我就不玩手机了吗?你男人就会回家了吗？我就顶嘴了！怎么了？怎么了？！

就知道哭，不是骂就是哭，要么就是边哭边骂，我也想过打电话给精神病院让他们把我妈弄走，但把她弄走了谁给我做饭，谁给我洗衣服叠被子搞卫生？是，我承认我懒，可我这是有代价的好吗？我也经常想到底值不值，忍受一两小时的唠叨和侮辱，换取什么也不用干的舒适也是值得的吧。其实我也想过做家务，炒菜做饭很有趣的样子，可是我切菜她嫌我慢；我炒菜她说我炒得难吃，甚至直接倒掉；我洗碗她说我洗不干净，还像个监工一样盯着我，要我把锅底都给刷干净……老子还真不伺候了！我不会，我要学习，我累了——就和我爸说"你来吧，我要工作，我累了"一样。我没有必要去做一件自讨苦吃的事情，吃力不讨好，又何必？毕竟我再怎么努力也不可能达到她的要求，还不如一开始就不要在这方面浪费时间。

活死人墓大约如此吧。我只觉得自己在内心的笼子里修炼出一方无限之地，是自我囚禁还是心怀宇宙的无垠？我不知道，我只知道自己还有赤子之心。我的世界她永远不懂，不光她不懂，所有人都无法懂，就连我自己也无法解释，哪怕分析得头头是道，这头头是道又是怎么一回事呢？眼不见为净是因为闭上眼睛只见黑暗，耳根却无法清净，好在我已经习惯，已经足够麻木，可以咒如雨下泰山压顶而安之若素，我不知道我苍白的心可还有一点儿人气儿。呵，我愿像个孩子一样离开，无法愚蠢地生活，那就特立独行地死去。

子非鱼

　　房子是租的,生活是自己的,而我,知道这就是画饼充饥,是都市蚁族的自我安慰罢了,不然,还能如何呢?曾几何时,在偌大的城市有自己的立锥之地是我的青春梦想,而如今,这似乎越来越像可望而不可即的海市蜃楼。还好,我已经喜欢上了这个社区的喧闹与寂静,蔬果飘香和烟火气,哪怕是那几只被所有居民一起圈养在社区里的猫儿,见到我也已是熟视无睹,不慌不忙,大摇大摆地扬长而去。

　　今天和以往的不同,大约是久雨后的初晴,外加久违的准时下班。感谢老大的不留之恩,让我可以看到晚霞落日的奇景。朝西的阳台,酷暑时是灾难,夕阳下是恩赐。喝完一杯不知道还能喝多久的中式咖啡，饭也差不多好了。一人食的简单快乐，一汤一饭一菜，蒸叠出生活的丰富营养和简单层次。打开爷爷买给我的德宝收音机，早已从英语学习的任务模式解放出来，只有爵士乐剥开一小段杂音倾泻而出，成为最佳的佐餐滋味。

收拾屋子的舒心，仿佛细细整理自己的心情，修剪花枝，放上一大束香水百合在自制的陶罐，馨香满屋。这是我自己的秘密花园，一切想象都美好，一切现实都妥帖，满意地看着自己的成果，在浴室里赤裸裸地与灵魂坦诚相待。镜子里的自己，眼神依然清透，鼻翼依然灵秀，耳垂如贝颈项如鹤。嗯，我看到了，眼角的小细纹。衰老又如何，只属我一人。学会欣赏每个年龄段的自己，学会享受每一秒的人生，至少不用担心被抛弃，至少不用忧心被嫌弃，至少我能平静地接受自己的一切，而不至于惶恐悲凄。

甜樱的芬芳，馥郁清雅，包裹着我，使我仿佛成了拇指姑娘，在花瓣中安睡。我不需要人安慰，更不需要人赞美，不需要呵护，也无所谓依恋。我没有时间去交换，用青春去换取不知道未来的爱情，用辛勤去换取不知道结局的养育，非我所欲。没有电话，没有八卦，没有尿布，没有唠叨，没有虚情假意，没有小心翼翼，没有假面，只有真实。

我想我要克服的大约只有荷尔蒙的周期变化带来的波澜，随着年岁的增加，似乎这波澜也能和谐相处，默契渐生了。妈妈来电话了，我佯装没听到，铃声停止后闪出一条信息："没什

么事，问问你最近怎么样，你早点休息吧。"我清楚这欲言又止之后一定是计划周详的会面，她就是如此执着地为我张罗着，也好，这是她退休后的一点寄托，不然如何缓解好友们分享孙辈儿故事带给她的失落和由此引发的焦虑呢？偶尔的假日我配合演出，观察一个又一个过客，倒也有趣。

年轻貌美与权贵多金，相貌平平与才疏学浅，门当户对且半斤八两，让我清楚地看到那些世俗的交易背后，用新的轮回来证明自己的不枉过才是真正的动机。如果有人真的过了自己千百次想要过而不曾有过的生活，而并未因此有任何自己曾经惧怕的所谓后果，才是最让人恐惧后怕的吧。自由者永远漫不经心，围城里的人反而焦虑，自铸的囚笼无法安抚不安的灵魂，非要把这病传染出去，比生了这病更要命。对不起，我免疫。

不是没喜欢谁，也不是没被喜欢过，总是因缘际会，失之交臂。对的时间没有对的人，遇见对的人一切已惘然，我早已接受命运的安排，习惯命运的嘲弄，我的青春美貌他人无福消受，我也无暇再顾及他人的人生，无数条命运的相交线从不同处来，又去往不归处，何必强求？

这也不行，那也不爱，不照照镜子看看自己。总有人说心比天高命比纸薄的不着边际，高价出售的是明日黄花，殊不知这正是高明之处，与其无效地声嘶力竭，不如嘲弄地顺势而为，橱窗里的非卖品，占领定价制高点，不为卖而卖的，是自由的无价宝，总好过庸人自扰。连"剩"这个词都能发明出来，其实自己过的难道不是剩菜般的日子？养儿方知父母恩，其实是养儿方知父母苦，如果不需要养儿也早知父母苦，为何要吃苦？我的人生我做主。

老了以后怎么办？箱子里的证书早已放不下，保险买了一份份。我似乎不太担忧自己的未来，有多少人能真正按照自己的计划来度过一生呢？这房子的主人原先也是计划把房子留给孩子，谁知自己培养的雏鸟早已离巢而去远赴他乡，那这养儿防老是不是也成了伪命题，更何况还有养儿啃老的。不过你情我愿，也不失一幅和谐图景。院子里的人生百态，大家心知肚明，家长里短，飞短流长，无非是茶余饭后佐餐小食，看人家的，品自家的，唏嘘喜乐，一日就这么过了吧。

不过一条小细纹，不过一通电话，整了这一晚的胡思乱想，浪费了提早下班的好心情，敷个面膜好好休息吧，明天又是新的一天。

夜　巡

　　院子里的猫有不少，除了交配，我们一般不聚会。这院子里没有人投食，不像隔壁公园里，听说总有个老太太拎着一层层的盒饭送去，看来也是太寂寞了。如果不是因为那点儿吃的，我们是不聚的。孤零零有什么不好，自由自在。各有各的地盘，各有各的路线，偶尔遇上了打个招呼，最好别掺和别人的事，烦。

　　夜巡的路线是固定的，有些路段也只有我知道。这条路，我闭着眼睛也会走。当然，不能真闭着眼睛，我只是想说明我对这里真的很熟悉。超市附近我最喜欢，那里是我的第一站，想知道为什么吗？这一带食物充足，供应稳定，下雨了钻纸皮箱或车底下躲雨，冷了到车子排气管底下取暖，而且，这里没有敌人。

我知道小花的尾巴是怎么没的,我提醒过她,可是她不在意,还要去那个陷阱。就在东北角靠墙根那块,那里平时没什么人走过。小花昨天发现那里有盒鱼罐头,她跑来告诉我,想和我一起分享。她喜欢我好久了,我知道,和她亲热过几次,我当时刚吃了只老鼠,也不饿,想着不对劲,那一带都没人去,怎么会有鱼罐头?提醒了小花,她不听,还以为我有新欢了,扭头就走。

再看到小花的时候,我都不敢认了。她漂亮柔软的长毛东一块西一坨,中间不知道被烫的还是被剃掉的,露出伤痕累累的皮肤,最可怕的是,她尾巴没了。小花揉着红肿的眼睛,说不出来话。我心里很清楚了,那个鱼罐头就是一个陷阱。我过去蹭蹭她,她颤抖着躲开了,看来伤口还很痛。我吃了点野菊花叶子,然后用舌头舔了舔她的伤口,一开始她还躲,后来觉得好些了,就随我舔了。

把小花藏好,我开始了今天的夜巡。虎子在前面,看样子盯上了一只老鼠,只见虎子大头前探,俯下身子,后腿紧绷,蓄势待发,一双大眼睛一眨不眨地看着他对面的排水沟。我静静地坐在原地看着,等他像子弹一样飞出去,过了一会儿叼着一条瘫软的老鼠从排水沟走出来,放下老鼠,踢了踢,看来已经死了。平时他喜欢戏耍一番再吃的,这只这么经不起虎子的一咬,估计虎子饿极了用力过猛,他又把死老鼠叼起来,三下五除二就吞了下去。这时候过去是个好时机。他看见我,没说什么,往东北角走去,走了几步又回头,示意我跟上。

随他来到东北角,他跳上墙沿着墙根去了隔壁院子,他主人家在那里。我嗅着,空气里有股焦煳味儿和血腥味儿混合的难闻味道,随着我向前移动,那味道越来越浓烈。终于,我看到那一团焦黑的东西,旁边还有一地的毛和烟蒂,那焦黑的东西和毛,是小花的。

风吹过来一阵烟味儿,和小花烧焦的尾巴旁边那些烟头一个味儿。我转过身,尽量把身体缩进阴影里,浑身的毛不自觉地竖了起来。是他了,只见他一手叉腰,一手夹着烟,这么热的天,他依旧是长衣长裤全副武装,只有脖子以上和一双手暴露在外面。

我不知道他有没有看见我,毕竟我的天然一身黑在这夜色的掩护下,在这草木的阴影中是绝佳的隐身衣。他把烟头扔在地上,用脚踩了上去,突然朝我扑过来。我已经没有地方退,豁出去了!我冲上去,跳起扑向他的脸,狠狠地一抓,他狂叫着仰面倒地,捂住自己的脸,我已经踩着他的头跳到了大路上。小花,算是给你报仇了。

我又回到了我的路线上,这里是路边的一个小平台,是防空洞的顶。防空洞,听说是怕有敌人的飞机过来扔炸弹修的,曾祖爷爷那辈儿的事了,这世界上真有那么多的敌人吗?现在就是个仓库,放了很多米面油,运气好的时候,会碰上一两只小老鼠供我吃个夜宵。那里也躲不了几个人,真有炸弹来了,也没人给

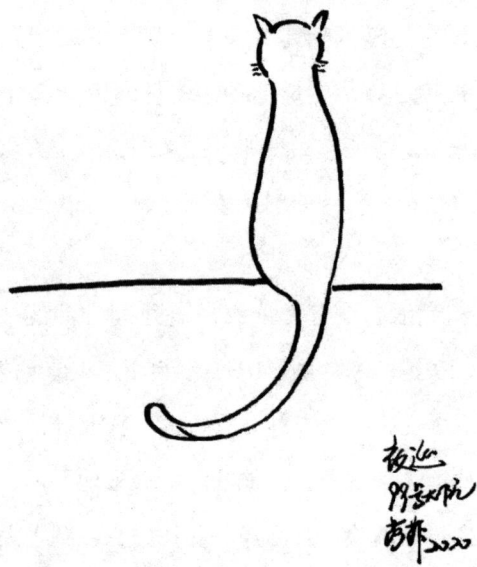

他们开锁啊，进去了也扛不住那轰炸机吧，土都松了，墙缝都长草了，听说轰炸机比平常飞过的飞机还小。人类打起架来还真不是我们猫族可以想象的，他们喜欢群居，大概也是像我们一样，是因为食物或者交配才群居的吧。打群架我是没见过，战争偶尔在电视里见过，都是一闪一闪的，一下子炸光，不像真的打架那么有趣。也有不少独居的人类，我多少有几分亲近感，他们大概也和我们猫族多少有些像吧。

人类打架总是从吵闹开始，喷着唾沫星子，然后是互相推搡，如果有一方怯懦了，这都不是一场完美的斗殴。一个强壮的扑下身狠揍一个柔弱的，或者是一个身强力壮的青年去暴打一个老弱病残，多少都令人不齿。势均力敌地挥舞拳头，你来我往，那才符合我们猫族的秉性。两个女人很少能打起来，可能是我孤陋寡闻，在这院子里见不到，但是那敌意的冰冷温度确实时常能感受一二。女人比男人聪明吗？或许只是更狡猾，或者确实更高级。

这院里没几个人真正注意过我，他们都喜欢颜色鲜亮的猫，虎子就很受欢迎，一只硕大健壮的橘猫，据说这儿的人都喜欢大吉大利；小花也很受欢迎，但那只能是过去的事了，她现在的样子，没有人愿意碰她。我做完自我清洁，天色渐渐亮了起来，鸟又开始吵闹了。

风吹过来的时候，我又闻到那一股熟悉的味道，听到了急促的脚步声，我从防空洞顶上往下看，就是那个人，气急败坏地四处张望，两个眼球仿佛要鼓出眼眶似的，横跨整个脸的鲜红伤疤是我的杰作，让他的脸更显得面目狰狞。小花已经被我藏起来了，他绝对找不到，他现在在找我，或者在找个供他发泄的替代品。他今晚是不能得逞了，估计以后也别想。我坐起来，大叫着发出了警告，然后跳上树枝，是时候继续隐身了。

麻　雀

夕阳是一种说不出名字的玫红，瑰丽如火，空留余韵，很快，这余韵也要随着夜晚的降临而熄灭，人工霓虹将占据夜空。倦鸟归巢，哪怕是临时的也好，可是这世上的住处，何处不是临时的呢？斗转星移，沧海桑田，宇宙尚且有始有终，何况我们这蝼蚁一般的人生。

我们的巢里有十几个人，大家挤在一个三居室里，每个房间都有两到三张钢架床，客厅和厨厕大家公用，每日早晚最是繁忙。这原来是处级干部分的单位房，在这城中央的老旧小区里，地段一流，能够走路上下班，价格低廉不过几百元一个床位，对我们这些刚开始打拼的人来说真是再合适不过了。是啊，刚打拼时吃什么苦都好，只要许我一个远大未来，一切都值得啊。

家里人时常担心我被传销，怎么会呢，像我这么聪明的人怎么可能被人忽悠？至少公司没让我去发展下线，我们实打实地干销售，靠自己的劳动赚钱，我觉得没什么不好，甚至有种自豪感。

借着夕阳的余晖，见到垃圾堆旁有几个小黑影在晃动，我还以为是老鼠，仔细一看，居然是麻雀！来这城市这么久，第一次见到麻雀！在老家，麻雀可是常客，晒谷场、水井边、稻田里，随处可见，一只只、一群群。有道特色菜就是禾花雀。每年禾苗开花开始结穗的时节，麻雀们就从四面八方赶来，以前可是当四害要坚决扫除的，课本上还有课文专门写捉麻雀的趣事，我们都实验过，主要目的还是为了加餐打打牙祭，多么美好的时光。可是，在这城市里，这是第一次见到麻雀。

一只大老鼠窜出来，麻雀们哄地一下都飞起，藏进了树影里，一只大橘猫步履稳健地走了过来，老鼠迟疑半晌，也躲进了垃圾桶的阴影之中，真是一物降一物啊。

感叹着，我估摸着这时候大家已经在排队冲凉，不如吃个饭再回去。珍姐饭店就是我的食堂，一日三餐定点准时。珍姐人长得漂亮，半老徐娘风韵犹存，可是也厉害得很，难得见她笑，毕竟，一笑就让人觉得有机会，让人觉得有机会就会很麻烦。你看，前面这个不知轻重的愣头青，看上去是第一次来附近搞装修的工人，嬉皮笑脸地调侃珍姐，说是来这吃饭就是为了见她。珍姐冷冷地说，谢谢哦，见过了就可以走了。我暗笑又觉得无奈，哪怕是做生意也不至于可以随意轻薄呀，十几块钱的快餐想让老板娘怎么着呢？

正在排队，今天要不要来个四肉一菜呢？对自己好一点点？手机振动了一下，是个提醒，月底了，该寄钱回家了。唉，我差点忘了这一茬了，还是两肉一菜吧。

今天店里人不多，毕竟天色也不早了，前面还有一个人，几肉几菜犹豫半天，看着橱窗里所剩无几的选择题，转头看看粉面档，又问问牛肉丸面多少钱。粉呢？趁着珍姐有些不耐烦地读着菜单的档口，我也有些不耐烦起来。你自己看菜单想好了先可以吗？我等很久了！那人倒也客气，哦了几声，让我先买单了。

要不是送邓伯回家，我今天也不会搞得这么晚。邓伯一个人住着四房两厅的大房子，这院子里就两栋是有这种户型的，据说是大官才能住的。我们的保健品公司开业那天，邓伯出来买菜看到宣传单张就来了。开业仪式上，经理讲完产品功效以后给了十个免费试用名额，邓伯运气不错抽中了，那时起，经理就安排我负责跟邓伯的单。每天早上的早课只要有空邓伯就来参加，总是夸我们的早课内容有知识，有正能量，对产品各方面也是赞不绝口，直说用了我们的产品精神头好多了，还为我们介绍了张阿姨、袁爷爷等好几位客户。经理每次见他都毕恭毕敬，我的业绩也噌噌往上涨，逢年过节回馈客户的时候，总是给邓伯双份的慰

问品、米面油、按摩器什么的,我帮他搬上楼,有时候他还很热情地留我吃饭。他让我想起我爷爷,在这陌生的城市里,给了我不少温暖。

今天也是,端午节发粽子,下午专门搞了个答谢会,邓伯这次续了一年的产品,经理一高兴让我把两箱粽子帮邓伯送回家。一路上,邓伯兴高采烈地说着感谢的话,又说这几天天气好,想明天出去走走,让我把早课录好了,等他有空再补看,我都应承下来。刚进屋,才发现家里竟然意外地有人,这时候帮忙做卫生的青姨一般不来,会是谁呢?一阵冲厕所的声音传来,邓伯的脸马上拉了下来,把钥匙重重地扔在地上。我连忙替他捡起,一个高大的身影从厕所里走了出来,是个中年人,穿着白衬衫、黑裤子、黑皮鞋,居然没有换鞋子,青姨看到又要啧啧啧了。那人喊了一声爸,然后冷冷地上下打量我一番,对邓伯说,不是说了让您别买那些什么保健品了吗?都是骗人的!说着从沙发上一个黑色的皮包里拿出一张纸拍在桌子上。你看看你看看,都是些大豆粉,吃不死人又治不了病,还卖那么贵!这是骗钱呀,把您的钱都骗走了!

邓伯的脸越来越青,紧闭的嘴唇突然低吼一声:"你给我出去!"我赶紧换鞋子准备走,没想到邓伯拽着我的手说:小刘留下,你——他指着他儿子吼道——你出去!

爸!

我像小时候抄作业被老师发现一样,真想找个地缝钻进去,啥时候见过这阵势?先生,我们的产品……还没等我说完,邓伯又吼了一句:不用跟他解释!得,收声最太平,我没处躲,只得轻轻拿开邓伯气得发抖的手,说:您别生气,毕竟是一家人,我还有事先走了,有话好好说,保重身体,我再给您打电话。邓伯也没再拦我,放下粽子,我就离开了这夏天里的冰窖,小心翼翼地轻轻把门带上,下了楼。

先付后吃,这是规矩。晚来者有加菜,这倒是意外惊喜。我没得好选,一份回锅肉一份煎酿三宝。打菜的阿凤把我的菜盒装得满满当当,和四肉一菜一样多,偷瞄了一眼正在看手机的珍姐,小声对我说,反正也卖不完,都给你吧。谢过阿凤,我找了个离愣头青最远的位置坐下,这会儿他默不作声地扒着饭,被饭噎着也好过被珍姐噎着呀。那选择困难症这时候也吃上了热气腾腾的牛肉丸面,一天下来,这是难得的犒劳自己的时光。

邓伯不知道怎么样了,平时他总说儿女都忙,没什么时间回来看他。在我们公司,他经常可以和病友们聊聊天,上完早课一起去买菜,中午吃好饭睡个午觉,下午再来检查一下血压什么的,晚饭后散步,看新闻联播、电视剧,洗漱睡觉,这一天就这么过了,安逸得很。买产品的时候,他也会讨价还价,让我帮他选套餐,我总是给他找赠品最多最划算的,他都很满意。平时他什么时间想打电话给我都可以,可是下班时间他很少打给我,他总说不想打扰我休息,我也总说没有关系。其实,我们彼此心里何尝不知,有人说说话,多好。他有时会说起年轻时的风光史和吃过的亏,我听得津津有味,那是我永远不会进入的世界,但是这并不妨碍我吸取人生经验。

吃过饭,天已经全黑了,想起和邓伯的约定,我想了想,今晚要好好准备一下明天的早课,毕竟要录像的。

午　后

　　孩子们到底有多久没有回来看我了,我自己也不记得了,只记得上次回来,他们待了不到五分钟就走了。现在我的腿脚也不灵便,不知道要怎么样才能够过剩下的日子。能指望的只有阿姨了,到底是第几个阿姨我也不记得了,这个好像叫兰姨。阿姨在我这里都干不长,感觉是因为互相嫌弃吧,不是我嫌她们手脚不利索,就是她们嫌我太难伺候,毕竟,别人都无法感受我的感受,谁也不是我肚子里的蛔虫。

　　今天得出去遛遛弯儿,得出去转悠转悠,看看小区里都有什么新鲜事儿。可还能有什么新鲜事儿呢?老张说他的房子低于四百万不卖,我的天哪,这是想钱想疯了吧?可是把这房子卖

了他能去哪儿。他两个孩子早已移民美国，难道要卖了房子去敬老院吗？他和隔壁楼的黎老师在谈着呢。三天两头地往人家家里跑，不是今天去家里吃干饭，就是请人家去看话剧，这小日子过得可是舒坦，比我这个孤老婆子强多了。

这个院子呀有不少都是老干部，把这一生都献给祖国建设，唯独就没照顾好家里人，孩子和我们都不亲，不是六亲不认地远走他乡，就是理所当然地啃老，我也不知道该说什么，比起他们，我还算好，至少孩子们和我还生活在同一个城市，还知道逢年过节来看看我，每次也都不空手来，就是嫌院子里不好停车，待不久就要走，我也不留，毕竟话都说完了，傻坐着也尴尬。

我不会做饭，大家都知道，孩子们也吃不惯阿姨做的饭，我也不留他们吃饭了。我就是想看看孙子们，他们还能让我感觉一下自己错过的孩子们小时候的样子。可是孙子们也大了，不理人了，以前一颗糖就能哄开心的，如今红包都不顶事了，成天就是手机电脑游戏机，比萨汉堡肯德基。一个个也算高大，就是有些虚胖，满脸横肉赛过胡传魁。上回李老说孩子们过早发育我还没在意，轮到自己家了才发现已经是普遍现象了，还在过儿童节呢都要长胡子了，这能好吗？可是孩子们都不爱听我唠叨，唉，行吧，都走吧，我也落个清净。

老伴儿的照片就挂在五斗柜的上头，成天笑眯眯地看着我，还是那个样。如今的我和他都不般配咯，满脸的褶子，老人斑，头发也都白了，看上去和他妈差不多了，他肯定要笑我，然后得意扬扬觉得自己年轻了。你说这人死了，这魂儿就变成自己最好看时的样子多好，还是死时啥样就啥样？万一和死的时候一样，怕是吓死人了，和老伴儿怎么见面呢？我又想多了，他该说我没有思想觉悟，还信这些封建迷信。可是，我就是忍不住要想啊，这么多年了，如果不是因为想看看世界会变成什么样子，看看我们奉献了一切换来的好日子，我倒想早点再见到你啊，老伴儿！

你用过的枕头、被子我都留着呢，洗了很多次了，可是闻着还有你的味儿。还是以前的东西质量好，怎么用也不会坏。家里还是老样子，我没怎么去动，家具还是咱们住进来时定做的那套樟木家具，我也没装修，就是厕所换了个坐便器，毕竟老了，也不想总麻烦人。我不敢承认，我还是怕死的，你又该笑我了，可是到了晚上，深夜的时候，眼前黑漆漆的，我又经常会怀疑，自己是不是已经死了。那过去岁月里的人和事，那么清晰。我还记得第一年跟你到这儿，天天往地里钻，湿热的天，咱们都得了很严重的皮肤病，一块块皮脱下来，天天煲草药敷药，一身的药味儿，两年才好。结婚的时候，一个脸盆一个热水壶一张铺盖，扯了证，就拉着书记在家喝了碗甜汤。分房子时你和吴处长吵的那一架，我从来没有见你发过那么大的火，吓得儿子在我肚子里猛踢。唉，都是过去的事了。

执行任务的时候多了，孩子没法自己带，要送回老家。你不顾我哭了三天三夜，硬是把孩子送走了，我恨你，踢你打你咬你，你吭都不吭一声，任我踢你打你咬你，等我发泄完了看着你，才发现你的脸早已被泪水沾湿了。回老家的时候总是兴师动众，吃的玩的穿的用的装满一车，可是孩子见到我们那么生分，官话也不会讲了，只会讲老家话，待不到两天又要分开，下一次还不知道什么时候见，还不知道能不能见……

你走的那天，我有预感，午前都阳光灿烂，也酷热难当，午后的天暗得特别早，云压得特别低，白日如夜。我一整天心里都跟堵了块石头似的喘不过气来。电话打来的时候，我不记得对方后面说了啥，等到院里派车接我，怎么上的车，一路怎么颠簸，怎么到了大坝边上，我完全没有印象，就记得看到的只有煤气灯下，你裹着的雨衣里露出的惨白的脸，几缕头发还贴在鬓角……

今天的天气和那天有点儿像，一上午天上没有一丝云，烈日下天空碧澄澄的，蛰伏了十七年的蝉鸣得特别响，我溜达了一圈也没见着老张他们几个，买了点儿菜，这不，才回到屋。豆腐五块钱了，肉就别提了，吃一顿赶上我们原来一年的伙食费了，自然，工资也在涨。有时候觉得这些年自己啥也没干，还靠着国家过日子，有些过意不去。反而老张他们都觉得理所应当，自己为国家奋斗那么多年，老了就得国家管。可不是嘛，可是，我心里实在闷得慌，闷得慌啊……老伴儿！是，是你吗？

云上的日子

　　累了吗？累了就早点歇了吧。好，我不走，陪着你，等你睡着了我才走。对，刚才那部电影真好，真不错，还是老片子好看。我看你更像梅兰尼，你自己以为你像斯嘉丽，我可不是白瑞德，更不是艾希礼，我就是我。你年轻时候像斯嘉丽吗？还好你现在不像，不然我可不敢和你在一块，镇不住你呀。嗯，电灯都关了，就留下这盏台灯亮着了。嗯，水龙头都关好了，你听，没有声音了吧。嗯，门窗都关好了，空调开了自动，等下凉了会暂停的。你睡吧。

　　云朵，云朵？睡着了？你呀，这么大年纪了还和小孩子一样，幸亏遇见我了，不然谁这么让着你，宠着你呀。你这栋楼

那个钉子户的工作做不通，电梯一直不能装，你腿脚又一直不好，上楼下楼不方便，那就我跑勤快些，常来你这；你喜欢我做的饭，特别是上海菜，那就我做；我不喜欢洗碗，你都是抢过去洗，把碗碟洗得干干净净，把灶台弄得清清爽爽，我在一旁和你说话，那感觉太好了；你说要有文艺生活，每个星期要看一部电影一部戏剧，不管是芭蕾舞剧、歌剧、话剧、戏曲，只要有演出，咱们就去。这段时间戏园子不开，电影院也不开，那咱们就在家看，这不也挺好的嘛。

　　云朵呀，咱俩啥都好，就是认识得有点晚。缘分这个东西真的很奇妙，咱们各自的老伴都挺好，革命夫妻，有儿有女，什么大风大浪都经历过了，一起生活了几十年，可就是没法白头啊。你先生得肺癌死了，我知道他是个老烟枪，他的相片端正地摆在那。老谭，有我在，你应该是放心的了。我家老李是子宫癌，唉，以前她管计划生育，第一个带头上环，谁能知道这个环要了她的命啊。孩子们都大了，我这边的都长了翅膀，飞到国外去了，还生了混血儿的孙辈，你那边呢，孩子都在北京，只有你，留在这儿，守着这个院子，守着这个家，再也不想折腾了，再也不想别离了。

　　可是，这人生，别离总是常态，别离总是悄悄，总是让人措手不及，聚散常相倚。我知道，你不去北京，多少也是因为我。咱们，就是认识得太晚了，这每一天都得掰成两半，慢慢品，细细嚼，咀嚼出多少年都没有的滋味儿啊。那天去看花，漫山遍野的秋意,都在那英雄花里蒸腾,战地黄花别样鲜,让人想起我们年轻时的峥嵘岁月。可是,你就站在那,不像你同龄的女性那样,穿着大胆,姿态创新,仿佛为了弥补列宁装里逝去的青春。可你就站在那里,没有什么墨镜丝巾之类的花枝招展,而是齐耳的短发,搭配着整洁的青绿衬衫、灰裤子、黑皮鞋,裤缝烫得笔直,人淡如菊,素面朝天,让我像在烈日下品到了一阵凉风,清雅素丽。你手里的相机居然是海鸥牌,一下子就勾起了我的兴趣,我的脖子上也挂着一个海鸥牌,看得出,你也对我多看了几眼。

我们就这样相识了,只是因为鳏寡孤独的一次赏花之旅,更惊叹命运,居然让我们住在同一个院儿里几十年却互不相知。不过,一切来得刚刚好,一切都还来得及。你我都曾因为这相遇而烦恼,思虑这迟来的爱恋是否是对旧爱的背叛,后来才想明白,无论是老谭还是老李,那临终前的欲言又止,正是真爱的表达,也就是对你我各自未来的担忧与不放心,莫不是他们冥冥之中让你我相遇?有时候,我看着年轻人的分分合合,庆幸着至少我们不必经历那些撕扯,至少我们拥有自自然然的名正言顺,心无旁骛的坦坦荡荡。

我惊叹你的聪颖,你欣赏我的通达,咱们对事情的看法总是那么相似,有时候无须多言,也就是一个眼神的默契。我写的那些文字,你总是抢过来第一个看,自然,我也是第一时间拿给你。往往我上句没说完,你就接着下句,时常让我绞尽脑汁地想要给你些意料之外,结果都成了未卜先知。

正如初相识的投契,有时候不禁怀疑上天造就你我,就像一根藤上的两个小葫芦,本就是为了我和你的相遇。你看,老谭照片旁边专门整整齐齐地摆着的四本相簿,一本是你和孩子们的,一本是我和你的,还有两本就是咱们俩的作品集。这一两年,只要身体合适,咱们就结伴同行,端着海鸥牌,去到那些没去过的山川大地,实现多年的梦想;那些故地重游,又让我们惊叹多年前的夙愿而今得偿,我们的青春没有白过,我们的奋斗没有白费,我们的牺牲真正值得。

只是,我也知道,和我在一起的这些日子,哪怕心里再喜悦,快乐得仿佛在云上一般,你还在犹豫,不想告诉孩子们。你担心他们的反应,你知道我也没说。也是,咱们就这么过吧,属于我们的日子,未来还有多久呢?

你笑了,我轻轻把你的手放进被子,该回家了。你知道的,这夜晚正适合写作。明天,我们一起读诗,读一首我写给你的诗。

电　梯

　　看着门口那告示牌我就胸口闷得慌。电梯？装什么电梯！装了电梯我那屋子还能住人吗？光都照不到了。还有那每天电梯开门关门的声音，现在那防盗门的声音就够烦人的了，再加上电梯的声音，还让人活吗！

　　当初分房子的时候，是因为我级别高才分的一楼，带个小花园儿。那可是人人羡慕啊！我可爱我这小花啦，东边墙角种一棵无花果，南面是一排翠绿的米兰，西面沿着墙种了一排紫竹，空出场院儿可以晾晒衣服什么的。那时候孩子们都才上中学，有时候也会在院子里面打球。我知道楼上那些邻居看着眼红，经常背后说我们家孩子吵，说我们的树越长越高，可那时候我还在位呢，谁敢当着面说？有时候东西掉我们家院子了，就挂在树上，半天也不吱声，我看见了，把它放到楼梯口才有人自己捡回去。

现在可是不一样了，墙倒众人推，人倒被人欺，装电梯，占我一半院子不说，无花果也要砍了，连光也挡了，我能同意吗？坚决不行啊。写了好几封信给退休办、管理处，居然一封信也没回我。昨天我忍不住了，拄着拐杖找上门去，这可倒好，给我吃个"闭门羹"。我这上楼梯的速度比不过他们关门儿下班的速度，看见我来都跑了，我估计要等这些人回办公室得在他们办公楼里面住一宿了。唉，还是回家吧。

赔偿？那点儿钱哪里够？两万块钱，能买回我的无花果树吗？能给我客厅里引来太阳光吗？这都是什么事儿啊。以前是我坐在院子里看九楼那个戴眼镜儿的扛着煤气吭哧吭哧地上楼，现在是他在玻璃电梯里面目送着我远去，这感情上的伤害，心灵上的难受，是能用钱衡量的吗？

他们也给了钱？那有多少钱？现在不是都有政府补贴了吗？不行！我为了这单位、为了国家服务了一辈子，怎么就不一视同仁？以前给我一楼是因为我德高望重，现在都忘了吗？弄个大机器把我家院子一占，他们可倒好，都是登高望远，更上层楼，我成了井底之蛙，鼠目寸光。装了电梯，他们房价从两百万涨到三百万，我这三百万的变成两百万了，这你们怎么算？

怎么今天这么吵？啊？我不是还没同意吗？怎么设备就开始进场施工了？！

你们这是干什么？都给我停下！谁叫你们来的，谁敢动！敢动试试？！

什么队长？什么科长？我还是局级干部，副厅级退休待遇呢！跟我在这里扯这些？我当领导的时候，你们这些小子还不知道在哪根肠子里呢！

不是说好要全部业主都同意吗？我还没同意！我就不同意！凭什么同意？！凭什么就便宜你们？凭什么就任由你们损人利己？这房子是我的，院子是我的，你们没权利这么做！

院子没进房产证，算是公家财产？你说我长期占用公共用地？我呸！当初分房的时候都说好了就是给我用的，难道都是放屁？我认得你！小王，你老爸老王当初就是管这个的，现在到你来管了是吧，好嘛，子承父业嘛，你怎么不说你老爸当初吃了我家多少饭，拿了我家多少烟酒？你现在跟我横！还带着这一帮人跟我横！啊？！

啊！我胸口疼！啊！……

怎么就……

米 粒

妈妈陪在身旁，就着台灯的微光绣着花。这幅十字绣的三羊开泰已经绣了两个月，逐渐显出端倪。妈妈的针脚工整细致，渐变过渡均匀，羊儿们像是随着针脚一点儿一点儿地活了过来。我很羡慕妈妈可以做自己喜欢的事，这是她为表哥绣的，表哥属羊，是妈妈娘家三代单传的独苗苗，就快要和女朋友修成正果组建自己的小家庭了。妈妈曾念叨过，要为每一家家族里的小家庭都绣上一幅，给我的也早早绣好了，是可爱的小兔一家，虽然我还在这里伏案苦读。高考的日子就快到了，可又似乎遥遥无期。

妈妈在一旁，我只好硬着头皮装模作样地喃喃念书，心里却不由自主地想起了他。今天下课去洗手间的时候，他就在那里，倚站在阳台走廊转弯的栏杆旁。一阵风吹过，他略显长的头发爽利地迎风飞舞，扫荡着他浓密的眉宇，挺直的鼻梁，秀气的轮廓，他清澈的眼睛透过发丝似笑非笑地看着我，我的心不知道往哪个方向狂跳着，只好垂下眼睑小跑着走过，就记得他雪白的板鞋在地上闪亮，但是他的样子却一直在脑际，挥之不去。在同年级的同学中，他是最高的了，篮球队、足球队他都参加，修长的身形像极了少女馆漫画中的男主人公，藏在朴素的白衬衫、藏蓝色长裤的校服里，那么俊秀。这会儿，他临风的样子又横在我和书本之间，让我所有的自制力都缴械投降。

　　第一次见到他，是高一开学后的一天，妈妈为了让我保证营养，硬是要我把一整碗西红柿蛋花麦片吃完才能走，我索性赌气慢慢吃，小汤匙舀起一勺，吹吹凉，用舌头试试温度，再一口吃下，妈妈看着时间一点一点地过去，终于忍不住放我走了。都怪我自作孽，赶到地铁站时已经错过了人少的早班车，此时的我就这样被人流簇拥着，双脚几乎离了地，也不知道怎么就进了车厢。

　　早上的车厢里混杂了各种早餐的味道和各类品牌的沐浴露、洗发水、香水的香味儿，还有些汗味儿，最让我难受的是，要和陌生的异性挤在一起。我只好用书包做后背的盾牌，用午餐便当袋做胸甲，坚硬的胳膊肘和肩膀就是我的防身武器，使我小小的身体不与陌生人有过多的触碰。

　　中途停靠，人流把我逼到了门口，好不容易抓住了扶手才没有被挤下车,当门关上时,干净的白衬衫挺立的领子之下,是凸起的喉结,就这样差点挨着我的刘海。一股淡淡的舒肤佳的味道随着他的呼吸钻进我的鼻子,我只觉得浑身像高烧一样滚烫,从脸颊蔓延开来,心脏从未有过地狂跳着,浑身的汗毛都瞬间起立。呈现在眼前的是校徽,旁边是他的名牌,李子元。我动弹不得,把便当袋往上移了移表示抗议,但是抗议无效,抬头却看见一双牛铃似的大眼睛正看着我,还有我胸前的名牌。米粒,他念道。

从那天起,我就成了翘首企盼的小花,寻找着阳光的方向。课间操的时候,做转体运动总是可以看见他高高的身影站在队伍的最后,于是我带着只有自己知道的微笑做完整节操。球队比赛时,我总是躲在人群中,一面妒忌着啦啦队丰满健美的同龄人,一面像棵向日葵一样对他追光,然后自卑地在宽大的校服里藏起自己的小身体。全校集会时,我怀着窃喜和期盼偷偷搜索着他的踪迹,没有人知道我在找他,也没有人知晓我在看他。每次在人群里找到他,恰巧他也望向我,心里就忍不住吹起了口哨。然后,眼神穿过人群,目送他走进教室消失在视野里。

他叫我米粒,我叫他子元,但是,这只是在没有旁人时,我俩偶尔擦肩而过打招呼的称呼。我不能告诉妈妈,不能告诉朋友,知道这个秘密的只有我和他。我们偶尔放学前和同学们一起确认作业,考试后和同学们一起对答案,两人仿佛成了世界上最优秀的演员,自然而无痕迹,或是像这世上最高明的间谍,躲过

放学时潮水般倾泻而出的老师和同学，每天在地铁站巧遇。

上学和放学的路上，他总是走在我后面右边斜角45度的位置，每次低头或者是转转头总可以瞥见他挺拔的身影。

地铁上，他用自己的身躯和车厢壁形成了一个防护罩，把我罩在里面，和其他人隔离开来。每当他身后的人抱怨太挤的时候，他会一副无可奈何又窃喜的模样，向我靠近，于是我又无缘无故地高烧一次，来不及背过身去。偶然背对他，脖子被阵阵呼吸吹得无处可躲，却也是期待地慌乱着，直到下车。最近我的成绩在全年级排名下降了一百多位，妈妈总问我是不是哪里不舒服，我虽告诉她没事，但心里却想：会不会是这样的高烧次数太多的缘故呢？

我打探着他的星座、属相、血型，甚至计算我们的姓氏笔画，就这样寻找着冥冥之中的缘浅缘深，积攒着找到的种种巧合和关于未来的种种暗示。我想象着未来，甚至在猜我们的孩子会长成什么样子。都说儿子像妈妈，女儿像爸爸，如果是女孩，大约会像他一样高挑修长，有一双大眼睛；如果是男孩，或许会像我爸爸吧。终于睡下了，被子摩挲着我的嘴唇，像我偷偷希冀的他……天呐，米粒，你在花痴什么呢！不能告诉妈妈，她会以为我疯掉了，更不能告诉子元，会把他吓跑吧。好羞耻。

我们或许都害怕和彼此说话，怕话说出来，会破坏现在的朦胧感觉，仿佛吓醒梦中人一般。我不敢问他的志愿，我怕我考不到他想要去的学校。更不敢表露心迹，只怕说了，得到的会是轻蔑和疏离，或是不珍惜。是啊，妈妈总说好女孩是要等男孩子追的，要看准了才可以交往，更何况考上大学，我才真正意义上获得了妈妈的恩许。我强忍着保持着自己的矜持，守护着三年来的期待。我甚至不敢讨论老师和同学们，还有很多对一些事情的看法，只是不想话说出来才发现，原来我们想得不一样，那些，都让这纯粹的凝望失去了原本的真挚。

又在地铁相遇，在他的保护罩里随着列车轻轻摇晃，我迷迷糊糊地想着，又清清醒醒地担心着，四目交会的刹那，他似乎明白了我所有的心事，抿嘴微笑着。我懊恼，只怪这地铁开得太快。

肠粉妹小慧

六年前认识小慧，她在卖早餐，夏天的肠粉铺，只见蒸汽缭绕之下，一块红头巾上下飘舞，从红色短袖制服里露出一双白嫩如藕的玉臂在蒸屉面前上下翻飞，灵巧地抽屉，刮粉装盘，刷油，淋面糊，放肉放葱，上屉……如此反复。最令人惊讶的是，她从来不会弄错客户的顺序、份数。两份牛肉鸡蛋肠，一份猪肉鸡蛋肠，一份斋肠要辣不要葱……客户的个性化要求也一一满足，哪怕等候美食的队伍就要排到小区外面，也依然秩序井然。我一直疑惑她是不是用了什么特别的标记，认识她以后我才知道，她就是这么聪明！除了一位跑堂大姐，她也没再雇用其他的人，而出发点竟然是她认为早晨的时间对大家来说都很宝贵，她一个人记住点菜内容和记账这样的方式公平高效，没有插队没有争吵没有货不对版。我不禁感慨，我何德何能认识了这样一位神仙一般的姑娘。

小慧初中毕业就工作了，在她按照传统一定要生男丁的农村老家，家里还有五个妹妹一个弟弟。父亲年轻的时候出来打工做石棉瓦，后来这行业不少小厂被关停，他也得了石棉肺，再也不能劳作了，只在家里编筐卖钱度日，弟妹们还在上学，母亲照顾一家老小，小慧出来打工赚钱为的就是照顾好家人。

来到这个城市，第一站总是在亲戚家，我的第一站就在这个大院里。爸妈在老家务农一辈子了，就这一个兄弟在外。第一天早晨，我想表现一下，问叔和婶想要吃什么。他们就说，你去试试市场门口的肠粉吧，再给我们带两份蛋肉肠回来。我觉得好奇怪，一大清早这么重口味，吃肠子？初来乍到，感到自己问了太多，仿佛没见过世面的土包子。本来呀，自己是啥就越不愿意承认。来到店里，看着白白嫩嫩的粉皮才知道，原来这就是肠粉。那嫩滑的感觉，如果不是因为有着葱肉蛋香和那自制酱油、花生油混合的特别咸香，就仿佛在初吻似的美妙。我吃完一份又点了一份，接着又再加了两份，把小慧刚才做的四种口味都吃了一遍，最后，来了一份鸳鸯，猪肉牛肉双拼，算是大满贯了。我这频繁的操作成功地引起了小慧和跑堂阿姨的注意。小慧只是瞪大眼睛看看我没说话，倒是阿姨笑嘻嘻地说，啊哟，这么喜欢吃肠粉啊，我们还有猪肝肠、虾米肠、粉肠肠要不要试试呀？我摸

着圆鼓鼓的肚子，摇摇手说，还有那么多种类呀，我，我这次实在吃不下了，下次吧。客人走了一拨又一拨，只有我还在坚守岗位，奋力拼搏。吃完擦擦汗，我又要了两份蛋肉肠打包给叔婶，小慧忍不住小心翼翼地劝道，不能吃太多，吃太多不消化的。我说，没事，这是打包给我叔和婶的。

　　找工作的我，除了面试就是走在去面试的路上，又或者在查招聘信息。没有面试的日子，我会在小慧的店里刷着手机看信息直到她十一点下班。过了早高峰，客人们到来的频率稀疏起来，我会有一搭没一搭地和她聊天，逗跑堂阿姨开心，帮她们收拾完小店之后离开。这感觉很奇妙，大约是蒸屉频频往外冒的蒸汽让我想起了老家妈妈蒸馒头的样子，又或是，我大约喜欢上小慧了，喜欢看她抬头直背又弯腰劳作的身影，那一缕发丝落下来用手背无效地撩拨。她始终没有正眼看我，眼角余光却偶尔扫过，却不妨碍我欣赏她修长纤白的粉颈后细软的绒毛，还有那因为少晒太阳、每日蒸汽熏蒸而白皙的脸庞上，镶嵌的灵秀大眼和小巧鼻梁。

　　找到工作那天，我买了两张电影票，约小慧去看《冰雪奇缘》，小慧看着我的眼睛，仿佛在说，你是认真的吗？得到了我眼神的坚定回应，她没有拒绝我。那天傍晚，我第一次看到小慧穿裙子的样子，是条雪白的连衣裙，平时裹在头巾里的一头秀发倾泻而下，绑成一条粗粗的麻花辫垂在一边。我在送给她的玫瑰花束里摘下一朵玫瑰花和一簇满天星插在发辫里，就像童话里的艾莎那样美丽。

电影散场后,小慧终于像个平常的少女那样叽叽喳喳地开始说个不停,谈电影,谈肠粉店,谈她的父母和弟妹们,那么鲜活有趣。我也说起自己家的事情,大学毕业找工作,住在亲戚家的温暖但是依然如客人般的心情。小慧若有所思,她仰头看着我,有些戏谑又有些酸酸地掩盖着她的自卑,你是想我给你免费做肠粉吃才约我的吗?我连忙否认。她又说,那你堂堂大学生,为什么约我这个初中毕业的打工妹?你的那些女同学们、女同事们不好吗?有文化有知识,长得漂亮又洋气。我从来没有想过这个问题,一时不知如何回答,可是她依然自顾自地说着,眼眶迅速湿润起来,小小的鼻尖泛红了。她哽咽着继续说,更别说我家里还有久病的父亲,年幼的弟妹要照顾,你若只是想和我玩一玩,麻烦你不要找我这样的女孩,我玩不起……我心里百感交集,我想这可能就是怜爱吧,但是这些我都顾不上,那时那刻,我只想用我余生好好爱这个可怜又可爱的坚强女孩。我只是用我滚烫的嘴唇封住了她倔强的小嘴……那是我们的初吻。

我们搬到了一起,她总是在头天夜里就开始到店里备料、磨浆,总说不用我帮忙。等我起来,到她店里帮一会儿忙,吃完早餐去上班。现在的我不吃五份,两份就好,偶尔也会喝点粥或豆浆,来根油条。看着小慧纤瘦有力的背影,认真的脸庞,我常想,就肠粉而言,这米一颗颗细细研磨与重压,在水的作用下凝结,总要经历粉身碎骨后再重组,经过高温蒸煮才会诞生这种奇妙的食物。而我们的未来，或许也是这样，我不敢想，只是觉得，这个女人在的地方，就是家。

我们攒下的钱已经为她父母弟妹在老家盖了一栋房，弟妹们的学业可以继续下去，接下来就是丈母娘点名要在城里买的婚房了，老人家没什么别的要求，就希望我们能真正在这城里扎根、安家，我们的孩子能在这里出生、长大，和城里孩子一样学电脑、受教育，别再像老一辈那样走一亩三分地或背井离乡的老路。这何尝不是我们的心愿呢？

花火俱乐部

从小慧的肠粉店里出来,已经是日暮时分,硕大的太阳像个巨大的咸蛋黄坠在天边,仿佛随着身体的膨胀越来越沉,慢慢地沉下去。我当然知道这是折射产生的幻觉,就像我知道小慧的爱情必将开花结果一样,这不禁让我对今晚的一切安排更有了几分信心。

话说回来,你见过傍晚的球场吗?

当我慢慢走到球场之时,那巨大的咸鸭蛋早已不知踪影,只留下尚有余温的天空。如果不是总盯着球,或者总盯着人看的话,你总会注意到傍晚球场的天空吧。

傍晚的球场,在瑰丽斑斓的云霞之中,总有一种苏醒的感觉。或许是白昼的艳阳太猛烈，或许是微风的抚弄让人敏感酥麻，那些躲在黑暗之中的小精灵，都在夕阳的余晖之中蠢蠢欲动。

我知道草是绿色的，而傍晚球场上的草，却很难形容。一切色彩都在夕阳的笼罩中变幻着，此刻的小草，从薄饼的金黄已经变成了覆盆子的紫红色，接下去向茄子色过渡了。

朦胧中，球员还在奔跑，但也只是强弩之末。远远的，裁判的哨音传来，人们奔跑的节奏慢下来，成了踱步，有些人停了下来，坐下或者躺下，和大地融为一体。

艾达穿着红色小大衣，格子裙和系带的小靴子，一头栗色的卷发随着她的步伐弹跳着，肆无忌惮地在球场边展示着自己天真的妖娆，夕阳并没有改变她的颜色。

林肯已经套上了红色罩衫，双手揣在兜里，高大的身影逐渐靠近。

嗨，苏梅姐。

他低头跟我打着招呼，眼睛却看着艾达。是的，这就是他的洛丽塔，艾达也仰望着他，这就是她的白瑞德。我感觉自己变成了灰色，留下两个红色的影子在天鹅绒般的深紫色暮色里对视。

我先去俱乐部了，在那里等你们。

这附近只有这家俱乐部，来时路过便约在这里，胡桃木的建筑有年头了，若不是亮着灯牌，此刻已经整体融进夜色之中，只有晕黄的灯光从门缝中透出来。

叮咚……

哪怕进门时门铃已响,哪怕我已经在门厅等了一会儿,依然没有人来接待,也不见客人到来。艾达和林肯这时候正在互相熟悉吧,短短的路途走了这么久还没有到。

叮咚……

无奈地,我自顾自地把门又开关了一次,终于听到踢踢踏踏的脚步声由远及近。

您好,欢迎光临!请问几位?

满头银发盘在脑后,金丝边眼镜上是同样纤细的金链微垂,满面红光,眼神烁烁,针织的毛衣外套着玫瑰花图案的围裙,在这昏黄的灯光中,我的大脑自动纠正着光线带来的色差,看着这鹤发童颜、笑容可掬的老太太,老板娘。

三位,另两位一会儿就到,可以麻烦您安排一下吗?

老太太微微佝偻着背,示意我随她走,穿过门廊和甬道,只见两边都是紧闭的门,路过一个通往二楼的木梯,终于在走廊尽头的大厅里一个靠窗的角落坐下,四下无人,只有轻轻的爵士乐漂浮在空中,*To love and be loved*。

老太太为我沏上茶,给她自己也倒上一杯,抿上一口,微笑着说:

最近客人少,不需要预约和定位,你愿意的话,坐哪里都可以。

我点点头,回头看看入口的方向,依然不见那两个孩子。见我没有长聊的想法,老太太微笑着鞠了一躬,端着她的茶杯走了。

窗外是一片漆黑,室内的灯光让夜色更深沉。突然一道光亮照射过来,寻光望去,那光点越来越近,成了一束光带,沿着山脊移动,渐渐近了,是一列火车,每节车厢都用光带勾勒出车厢、门窗的轮廓。突然这车一个急停,将两节车厢挤出了轨道,随即又慢慢启动,一切归为正轨,光亮的火车高高地从大厅北面的窗户驶过,消失在俱乐部的胡桃木墙后面。

不知什么时候,大厅里的人开始多了起来,嘈杂之中,穿着黑色礼服、系着白色围裙的服务生端着盘子穿梭在桌子与人群之间。我举手示意,一个女服务生走了过来,蹲在我的旁边,我问:

你见到一个高大的穿着红色运动罩衫的男孩了吗?他身旁有个个子小小的女孩子,穿着红色呢子外套和格子裙,头发卷卷的长长的,身高大约就到男孩的胳肢窝。……没有吗?好的,谢谢你。

我端着茶走到室外的南面回廊上,人们在窗前停留,窃窃私语,也有人兴奋地在走廊上跑着,喊着:

要开始了,马上!

一排光珠从我站的回廊前方向天空射去,好一会儿,突然在高空中迸发出一排烟火,像巨大的波斯菊瞬间绽放,借着烟火的余烬,我才发觉眼前是一片静静的湖面,一排水杉的影子整齐地挺立在水面上,左右延伸,望不到边。在那水杉林的尽头,一个闪亮的光点沿着水杉林极速向我们冲过来,另一端的尽头也有,这两团光亮快得仿佛着了火,在水面上擦出炫酷的火花,终于:

砰!

两团花火在我们面前碰撞,迸发出的火花在半空中画出巨大的心形模样,人们欢呼着,雀跃着,而我,怀着喜悦与满足走进了屋子里。

老太太此刻正端着一个空盘子走下楼梯,我再次询问艾达和林肯的消息。老太太微笑着点点头:

是,是这两个孩子,已经到了,点了几大盘食物呢,水果什么的,在楼上的一个房间唱歌。他们不希望我们透露任何的个人信息,所以,抱歉。

我点点头,无论如何,我要做的不就是这些吗?今天的目的不是达到了吗?找到人就安心了,今天不就是为了让他们相遇、相处的吗?如果合得来就达到此行的目的了。

我微笑着靠在栏杆上,看着外面绮丽的美景,起身,是的,我可以先回家了。

呼吸无声

她喜欢狗,最喜欢金毛,敦厚,温暖,柔软。

他喜欢猫,最喜欢橘猫,强壮,灵敏,狡黠。

她害怕吃鱼,吃肉,害怕吃一切进化史上先进于软体动物的蛋白质。

他正相反,无肉不欢,反而是蔬菜总让他觉得自己成了食草动物。那是食物链底端猎物的食物,实在不值得一品,是懦弱的表现,极其危险。

他和她的认识是在一次婚礼上,是的,结婚的人不是他,也不是她,是他们的前任。有趣的是,他们还是到了现场,算是给人生的一个阶段画下圆满的句号。有了句号,就可以翻开新的篇章了，不是吗？

她知道自己对前任的爱有多辛苦，总是要证明自己配得上这个官二代海龟高智高薪的完美男人，女学课、礼仪课、形体课、家政课占据了他不在的日子，直到有一天他说，我们真的不适合。以前父母觉得，现在我也觉得，你这么努力我也于心不忍，只是你再怎么努力，都无法从丑小鸭变成白天鹅，因为你从来就不是白天鹅。她照照镜子，笑了，眼泪也洗不掉这笑容，是啊，从来没有人可以把一只真正的鸭子变成一只真正的白天鹅呀。

我听说过你。这是他对她说的第一句话。前任对于他而言已然成了闺蜜，这种情况更奇怪，却异常和谐，他说，我这颗土豆配不上白天鹅，可是和你这只小鸭子在一起，似乎是天生一对。

土豆和鸭子的故事继续着，有勤有爱，众口可调，默契就在一粥一饭之间，就在肌肤相亲之间，就在举手投足之间，就在眼神交汇之间。

祖爷爷在世的时候和我有一次争论，他说人生的苦难与甘甜都是定数，用完了配额就没有了。比如你要吃的苦是那么多，吃完了这些苦，以后都是甜。再比如你一辈子定了是吃一千只鸡，你绝不会吃到第一千零一只鸡。

我不同意，要是一个人想着先苦后甜，拼命吃苦，然后提前死了呢？

他说，那是他命不好。

我又问,那有些人不用吃苦总是甜,是怎么回事呢?

他说,他们以后会倒霉的。

我不服,可是有些人到死也没吃过苦啊。

他叹了口气,那也是定数,要么是上辈子积德,要么是下辈子要还上,你年纪小小,莫与人争辩。

我心里觉得他这道理不对,但是也不知道怎么反驳,毕竟他在用自己的真实经历试图劝服我的道听途说加想象力,我实在没有什么立场再坚持下去。

爸爸就不一样了,他总是说人定胜天,天无绝人之路,天生我材必有用,事在人为云云。让我每每遇到挫败总能在他那里得到鼓舞,哪怕当时并不知道具体应该怎么做。他帮我分析完失败的原因,并且坚称要分析主客观两方面的原因,主观方面是自己的问题必须克服,客观原因能改变的要改变,不能改变的要么绕开要么适应,方向有没有错,思路对不对,这都很重要。

爸爸这套方法论明显受用很多,而祖爷爷的唯心说法,只有在看上去走投无路的时候让那个我不至于钻牛角尖,该放弃的时候就放弃,算了吧,都是命。度过危机之后,该干吗干吗,矢志不渝。

天才不需要向世人解释,因为庸人无法理解,只是妒忌挖苦陷害。勤奋的笨鸟无暇向世人解释,因为每一分钟都无比珍贵,必须奋起直追,时不我待。无论是这两种人当中的哪一种,不要试图去让别人理解,因为你招来的不一定是善意的关怀与帮助，往往是危险的蛇。做自己就好，无须解释。

在宽宏之人面前，他人的才华是瑰宝。在善妒之人面前，他人的才华是毒药。不要尝试考验人性，人性往往经不起推敲。自相矛盾地装腔作势，虚伪乖张地道貌岸然，任何道德在恶意之下都脆弱不堪，只是装点门面的遮羞布。

不介怀，是因为这些恶意帮助我们排除了敌人，划清了界限，越早暴露越应该感谢，将更多的时间和善意相处，将更多的人生与爱同行。机缘巧合，枝柳成荫，冥冥之中的安排逃不过因果，而往往是，善意之力不可及处，恶意悄然而至，推波助澜，这其中的讽刺，恐怕是作恶之人所料未及，也是之于其最大的报应了。

道理讲了这么多，感悟一箩筐，作为一个看客看这事，说是事，还是人，人不过是须臾之蜉蝣，蜉蝣又是什么呢？一呼一吸罢了。土豆和鸭子找到了彼此，恶意与善意都是始作俑者，渣到极致变为宝，视乎对谁而言尔，弄巧成拙却修成正果，大笑三声，可觉知否？

夏　至

　　我一度以为我的表坏了，和手机对一下时间，没错。快八点了，太阳已经下山，可天还亮着，蝉鸣声大得让空气更加燥热，不由得烦闷起来。这是第几包烟了？等，像等待初恋一般等待客户。今天照例在各个平台推盘，一边回复各类信息，一边等待看盘的客户。现在比以前好多了，不用守着电脑，实现了移动办公，穿上西装还真觉得自己是个白领。东家的新制服红得像春节的利是封，大约是抢占红利的好意头，又或者是约看盘的时候唯恐客户认不出我们，每次一开会就像到了喜帖街。

　　喜帖街，我的瘾歌，每次唱K必点曲目。好久没唱K了。说好的，业绩完成就去K，这都多久了。光景好的时候，上午放盘

下午卖出,现在是没有这支歌唱了。老前辈郭姐成了业界传奇,她手里抓着的十几个大客户,那是从香港金融风暴以后一直在行里的炒家,从房改房炒到珠江新城,如今就这些大客户的佣金都够她吃一辈子了。

入行晚不是我的错,毕竟这个行业门槛低,可却是个造梦机,前辈的故事一个图书馆的书也写不完,咸鱼翻身就是家常菜,至少在传说里。以往分得格外清楚,收盘归收盘,放盘归放盘,出租屋、商铺、学位房、养老房,或是二手房、新房,大家井水不犯河水,自己吃自己的饭。偶尔碰到客户有不同类型的投资,还会团队整合。如今大家都连成了网,只要佣金合适,提成合适,什么都可以谈。银行也变了,以前一个按揭公司就对接一家行,如今都是一脚踏几船,时势造英雄,一口锅里吃饭,是个人才总能活得下去。

每个人都怀揣着梦想踏进这行,还有的从业者自己就是投资客,看到有投资价值的物业,就算没指标也想办法收入囊中。这一点儿都不奇怪,光省下的佣金和时间价值,下一次交易时一般都有一倍的利润。一口吃成胖子的机会可遇不可求,地段好、户型好、朝向好、楼层好、绿化好、邻居好、配套好……这完美的梦想之屋大概只存在于想象之中。对持币待购的要卖趋势,对急买结婚的要卖地段,对买房养老的要卖方便,对腾笼换鸟的要卖档次。总之,客户关心什么,需求什么,有多少家底都要弄得清清楚楚明明白白。心态还得放好了。一个客户常年在线,三五年才有一单交易，实在再正常不过了，有房无房都有交易，要么有房要卖出或出租，要么无房要买进或租赁，任何人都可以成为客户，毕竟安居乐业几乎是每个中国人的基本诉求，不是吗？

被放鸽子是常有的事，今天估计也是了。天黑下来，我打算再等一会儿，九点？九点。给自己一个时限，九点下班。外卖小哥们路过的频次少了，肚子早已饿过了劲儿，总不能让客户看见我刚好在吃东西，太不专业了。这个区的每一个居民区都有我落下的腿毛，一点儿不夸张，就算部队大院整顿前我也进去过。曾有人说，在这个区住那可得镇得住，可不是，军区、医院、公墓，讲究的都知道是煞气很重的地方。偏偏这儿旺得很，学校、商场、图书馆都在步行范围，市场隔不远就有。有钱有闲的老头老太太，买个菜逛好几个市场，总能买到最新鲜最划算的心水菜，锻炼身体，唠唠家常，身心健康地满载而归。

做熟了就不想走了，实在也没什么地方可去。有时候气急了也想不干了，可是不干这个还能做什么呢？难道回原来的工厂做早已腻烦的活计？就没想过走回头路。前辈做了电商想挖我，可我这头猪并不想去风口上飞。都说好的销售什么都能卖出去，那得看这个好怎么定义。曾经立志三十五岁实现财务自由，现在觉得遥遥无期。这种生活像是一趟停不下来的列车，载着我们前行。

今天等的这个客户已经是个行家，倒腾了五六套房，可就算是这样也因为保守错失了不少机会。如今没有现金，还想要腾笼换鸟，一买一卖两笔生意，可是都不好做。这样的人太多了，如此慌张，各种政策和关于楼市的消息都让他们敏感多疑。其实数据就是数据，真实的成交永远无法真实反映，就像你永远猜不准一个化了妆的女人多少岁。梦想之屋可遇不可求，好交易的先卖出，好吃的先吃，落袋平安。剩下的鸡肋，只能顺其自然。无论如何，慌张的背后都是贪心与不知足，就像那位一个月里面把挂牌售价变了八次的客户。

人间冷暖，都系在了一张房产证上。丈母娘出的必答题，父母们的加分项，老人们的风险题，兄弟姐妹的糊涂账。多少夫妻反目，手足相斗，我们大多见怪不怪了，但是偶尔真的碰上了，也只能不带情感地公事公办。偏偏这类人特别执着，房子放个几年，共有人一直达不成一致意见，不是价格不对，就是资金分配不到位，房子还没卖，还时常追问情况。电话号码常被别人设置成骚扰电话的我，也只好把这几位的号码设置成了骚扰电话。

遇到晦气的凶屋，看房必约正午，得劝业主装修以后再出售，公司提供专业装修服务，当然是有偿的。街坊邻里默契地缄默，谁也不想因为走了的人影响活着的人的生活。这城市，对有的人来说很大，对有的人来说又那么小，狭窄的缝隙挤不下一块床板。天色见晚，还是不提这些，待会儿还要走一段夜路回我那寄居蟹的壳。就算霓虹如白昼，也不想自己被睡衣党吓得魂飞魄散。

果然,今晚客户请吃红烧乳鸽,我可以下班了。晚饭要不要直接跳过呢?虽然经常走路爬楼日日三万步,我与减肥彻底绝缘,但是三餐不定时也让我和慢性胃炎结了孽缘。不过,路过她窗前还是免不了要多看两眼,淡绿色窗帘透着光,那房子是我介绍的。未婚姑娘买房也不是什么新鲜事,只是,她和我遇到的所有人都不同,不过,我好像也没有什么理由再联络她,打扰她了。胃开始疼起来,吞下一片胃舒平,我突然想起今天是夏至,白日最长,黑夜最短的一天。黑夜太短,放不下许多相思。

　　思情思爱思无涯,思危思退思变化。

　　多思多虑催人老,难得糊涂无牵挂。

摆　摊

　　做女人总是很苦的咯，谁说不是呢。这刮风下雨、烈日当头的，我都要出摊的咯，不然吃什么喝什么？不然老了怎么办？我已经算好了，儿女独立，当家的身体硬朗还能编个筐、下个地，我在这个院子里面能够摆摆地摊，做点小买卖，每天这些果子啊菜啊能够卖得七七八八，也是很不错的咯。可是看到现在那些年轻的女子们那么累，那么拼，心里也是替她们着急。其实她们也不年轻了，现在的人都结婚晚，也不知道想什么，大约没玩够吧，还是眼光太高，总之都是三十大几才结婚。现在比以前好多了，听说产假都可以休大半年了，我们那时候哪里敢想啊，就算月子里面你最大，出了月子就要下地干活。可是产假再长也要回去上班啊,你看我这一整天就碰到三个说找不到保姆的,也不知道家里老人家怎么不帮忙。唉,家家一本难念的经,我是不喜欢带小孩做家务的,不然现在当保姆工资也不少,说不定我也去做了。行啊,看在都是常客,我就帮她们物色物色,能帮就帮吧。

对面那个大商店,自从换了老板,这可是天天变着花样儿吸引顾客呢,又是免费寄存包裹啦,又是卖烧烤、卖衣服、卖牛奶啦!这寄存包裹以前别人都要象征性收一块钱,现在他不收,白占了地方还弄个小本本登记,我看,八成是为了多些人去他那里,拿快递顺便买点什么东西。可是弄丢了他又不赔,电话号码漏出去了他也不负责,我不看好。要说搞多种经营,这卖日用品、零食、饮料、粮油杂货就算了,卖什么牛奶呀,那可是要好大地方冷藏的。这又卖烧烤又卖衣服,不怕熏得慌吗?听说还弄了个什么微信群,搞团购,四个南瓜9块钱,十棵金针菇9块9,这是干什么呀?这账怎么算?谁家吃得了那么多,还没吃完就坏了。再说了,我,我们这些小商小贩的怎么跟他们竞争呀!唉,现在这年轻人,花花肠子真多。我还是搞我的土特产,手工制作,独一无二。这院子能有多大啊,想赚大钱还在这里折腾,能折腾得起来?我可不看好。

啊呀,这番石榴今天卖得快,本来一大筐,现在都快见底了,你有眼光咯。不爱啊,不爱的话,您看,这个咸柠檬一起带一包吧,生津止渴,你想拿来焖肉、腌菜都可以,味道很好的。

好，给您包上，再来啊。唉，费了半天口舌就挣了这几块钱。咦，这旁边的死老婆子阴阳怪气的，笑什么笑！都是你，每次我一换地方你就跟着我换，知不知道这摊位也讲风水的，看你那样，把我的客人都给吓跑了。

你把你们家那么些个破烂拿出来摆摊也不嫌丢人呀，你看看都是些啥，啊？镜子、梳子、发卡子、橡皮筋、拉链、针线包，现在谁还买你这些东西？那是啥？你孙子的作业本吧，用不完都掉颜色了还拿出来摆，真是没东西卖了。算了，不和你一般见识，知道你家困难，穷，你儿女都走了，你白发人送黑发人，你要拉扯你孙子。这些我都知道，可是同情归同情，你不能影响我生意啊，成心的是不是？我卖咸柠檬，你也不知道从哪里弄来几包摆在那里；我卖山野蜂蜜，你也弄两瓶蜂蜜在那儿，我一看就知道是兑了糖水的假冒伪劣产品。买东西的哪里分得那么清楚，到时候一说都说是在路边摆摊的阿婆卖的，赖我头上，我以后怎么做生意啊！

算了算了，怕了你了。我这专门跑到农科所进的新品种番石榴，你总拿不到货了吧。还有那个鸡骨草、五指毛桃，可是我专门去山里面找山民进的货，就算你成天摆在我旁边，我在哪里摆你就在哪里摆，老客户还是只认我不认你的。你呀，又不会说话，又没有好货源，估计也没什么本钱，这年纪大了手眼功夫也不利索了，做手工也做不了，真不知道怎么帮你。

咦，这不是娟姐吗？娟姐，你带的那个孩子是不是要上幼儿园了呀？就是下半年啊，那你还帮他们接送吗？哦？他们要自己搞定了？那你找到下家了吗？还没有啊。我跟你说，最近有几个刚生完小孩的产假休完要去上班了，你做不做？带新生儿确实辛苦，不过都半岁了，有些断了奶，有些还没有，那不是谁带谁亲的咯。你看呢？看工资啊？哦，这个我不好说，现在院子里的行情都是四五千吧。家务嘛还是要做的，上班族双职工回到家都不知道几点了，哎呀，做这个工还是不错的，你看，这几百万的房子，平时不都是你和宝宝在家，孩子越小睡得越多，你就有好多时间可以做点别的事情啦。辛苦，确实辛苦，那是，还受气。这做人这么辛苦心里还委屈确实不值得，这院子里最负责任的阿姨就是你啦，你看，有人找阿姨，我第一时间就想到你呢！行，我帮你看看哪家比较和气，待遇又不错的，到时候跟你联系啊，你有我微信的，到时候发张照片过来。别搞美颜啊，上次有个阿姨搞了美颜，主人家一看说本人和照片差太多，后来不就没成咯。嗯，有些人家要体检报告，有的不用。行，哎呀，大家这么熟了，事成再说，事成再说，顺顺利利，好！

　　李老师，下班啦，今天买了这么多好菜啊，我今天进了五指毛桃哦，卖得特别好，就剩下两把了，你要不要？回家炖龙骨啊，炖鸡啊，益气养身，好得很！上次那个石斛，你吃了觉得怎么样？对吧，我没推荐错吧！还要货呀，我回去山里面找找，最近这天气不是很好啊，要的话可能价格就没那么实惠了。没事，你要是真心要，我就给你找。好呀好呀，你扫微信，啊呀，就这个价了，还跟我讲什么价哟，你都知道我东西好的啦，你要是吃了觉得好，下次我再给你拿，嗯，好！

　　看这天色，又要下雨了，陈阿婆，你还不撤摊啊，今天不用接孙子啊？哦，孙子现在都在家上课呢。这事情也不知道什么时候能过去。嗯，行，我这里还有些番石榴，都这个时候了，没人来买的了。反正我也吃不完，拿回家冰箱里也放不下了，你拿回去给你们家孙子吧。啊呀，不要推辞啦，我看你这一整天也没卖出什么东西，行啊，行啊，这样吧，你针线盒给我一个，我这裤子拉丝了，回家去补补，行，好啦，好啦，两不相欠，你也不要跟我客气好不好！你看，这云都起来了，风都刮起来了，快走快走，别把货给淋湿了，到时候更难卖。唉。行，最近老下雨，我们换到废电房那边去吧，嗯，下雨淋不着。好啦，我先走了。

太阳雨

刚刚下过一阵太阳雨，左边的天空还是残云密卷，右边的天空已然高悬双彩虹。我不禁感叹，命运就藏在自然的箴言之中，或是熟视无睹，或是会心一笑，或是纯粹欣赏，总之，顿悟与敷衍之间就是一刹那的事儿。

清朗的天空像被一双大手拨开了一块大口子，露出湛蓝的天幕，干净。下雨总是能把这个世界洗得很干净，一切都在雨水的冲刷下重获新生。最喜看雨水闪着金色的光芒打在青翠的枝叶上，让植物也有了动物般的灵性。

新换的领导总让我胆战心惊，但这些惧怕只能藏在我的脑海里，不能和父母说，不能和妻说，更不能情绪传递踢猫伤害孩子，朋友就更不能讲了，天下没有不透风的墙，还是烂在自己肚子里安全。更何况，很多事只怕是我自己想多了，没准儿过两天就过去了。有时候我也会犯傻。中年男人能怎么样呢？早已经过了三十五岁这道坎，错过了提拔晋升的节奏，如今也就是在这个小单位里熬资格。过去老领导还没退的时候，还能凭着张老脸混口饭吃，如今新领导一来，真正是用人唯贤，六亲不认咯。

不就是走个流程填个表吗？有必要那么认真？毛主席都说过，今天通知明天要，只能换来假报告！怎么着，还真让我加班熬夜算数吗？不光我，这报表可是要找基层站点收集数据再汇总的，他们也得跟着熬通宵！要想一个晚上就整出百分百准确的数据简直不可能！再说了，以我的经验，这么着急要的数，基层报上来多半也是神仙数，怎么核实？还不如我凭经验估算的准呢！可是领导明明知道不可能的事，还指名要我干，越过主任指定任务，这，这是想我走呀！做好了，整个系统折腾一遍，全体恨死我；但凡有个数据不对，那不是留下口实了吗？绝对处分。最好的结果也是通报批评，吃不了兜着走啊。

大学毕业以后我就没再进修了，如果不是单位安排的培训，我一般不参加。费那老劲干吗？我又不升官发财，简简单单做个不求上进的老百姓，不也挺好的？人际关系异常和谐，与世无争嘛，也不爱传八卦什么的，每天上班下班，闲时读书练字，买菜做饭，爱妻带娃，孝敬父母，小富而安，两袖清风。虽然评先进晋级基本没我什么事儿，但是出问题也排不到我。我也不求人,更没人求我,单位里的人事纷扰往往我都是最后一个知道。还记得有一次,我找财务报账,小陈休婚假了;我找档案室小王借阅资料,小王居然也休婚假了。我跟老李打趣说,这两人该不会是集体婚礼吧,这么巧同一天结婚。人老李瞪大眼睛笑喝一声,说你是不是傻,人家是两口子,不一起结婚还怎的!瞧瞧,呵,我就是这么一号人。

其实吧,也有几次评先进的时候,几个领导推荐的人选都不满意,最后就落到我头上,领导问我个人意见,我总是想都没想就把名额让出来,建议把名额让给书记提的人选。谁管事听谁的,其他领导见我都这么高风亮节,也没什么好说。我倒觉得是老书记太民主,每次都要把我摆上台面,其实跟我有啥关系呢?谁都知道,我就想琴棋书画烟酒茶,安安稳稳过日子。老书记对我都睁只眼闭只眼,主任也不好说什么了。其实大家都住在一个大院儿里边,除了最近几年没房没宿舍刚进来的小年轻、外来户,咱们不少人又是同事,又是街坊,抬头不见低头见,谁也不想得罪谁,真有个二愣子歇斯底里乱舞拳脚的,大家都默契地敬而远之,让他一个人对着空气折腾去。

可是新领导他不管呀,一潭死水里来了条鲶鱼,注定是要搅个地覆天翻。皇亲国戚都不能动,找准我这个无依无靠的软柿子捏,我不服软谁服软呢?得,待会儿吃完饭去买点好烟好酒,明天让司机刘师傅放领导车上。如果这招还没用,我,我,我也不知道该怎么办了。

可是这神仙数还是得凑啊。唉，我也不是没想过要上进，之前选调的时候，我也是想考的，可是一看报名的不是关系户就是九八五二幺幺，我一个不入流的三本生再加上是人才市场聘的合同工，能怎么样呢？可是，单位里还有一个瑾丫头，中专毕业，这么多年一直考证读书，也不结婚，如今已经到了几乎嫁不出去的年纪了，这次新领导一来就提了她当财务部长，原来，她早就考完注册会计师、经济师什么的，一大堆证，本科也读完了，听说还要读研究生，工作业绩一直挺好。唉，对比之下，我简直不堪了。尽给我添堵，唉，不能回头，怎么着，没有进步，还不让我这个老员工混混日子吗？还有几年呀。我也没白吃白喝的，这么些年我也做了不少事儿，可都是为他人作嫁衣裳，名字永远排最后，说起来，都是参与、协助，还真没主持过什么项目，更别提重点项目了。在业务部门待着，缺经验不说，履历上除了工作年限长也没什么亮点。后悔，当时应该不要那么高风亮节，也攒点儿红本本，现在也能有些拿得出手的东西。

这时候赶我走，那不是要把我往绝路上逼吗？我能去哪儿？现在的招聘广告动不动就是要三十五岁以下，重点本科以上，两条我都不沾，要说这个证那个证，我更是半张都没有。不行不行，还得巴结巴结活下去。不过，如果是想我走，直接开了我不就好了吗？合同工解聘简单，难道连一年一个月也舍不得赔？我这岗位也没什么香的，但是也难说，说不定新领导要安排新人来。干脆我主动让位，不如去工会办吧，老张就要退休了,我至少可以去搞搞统计什么的基础工作。可是那份工作也不容易,要能唱能跳,能写会画,听说除了组织各种活动,还得会弄动画视频什么的,也不知道我现在从头学个什么技能能不能行。唉,我这自说自话也不顶用啊。东边日出西边雨,人生啊都是公平的,有得有失,大家拥有的时间都一样,结果却那么不相同啊。这感想要好好告诉儿子,可不能让他再走我的老路了。对了,瑾姑娘人挺好的,待会儿约她吃个饭,看能不能帮我说说话,唉。

风　眼

　　风起的时候，雨已经淅淅沥沥下了一个星期。小君躺在床上，看着窗户上仿佛群魔乱舞似的影子，耳畔都是风声、大树摇动树叶发出的瑟瑟之声，还有远处传来的"乒乒乓乓"玻璃打碎的声音，她赶紧蜷缩在被子里面寻找一些慰藉。幸好四下无人，独居就是好，在人前，小君是绝对不会承认自己一丝一毫的懦弱与胆小的。

　　奶奶走后，海外、山里的亲戚来过不少，堂姐夫是第一个到的，从老家带了两瓶娘酒，说是自家酿的；接下来是九叔，据说下南洋很多年了，是奶奶最小的弟弟，这次来是想帮忙料理一下奶奶的后事；然后是老五婶、十三弟、老姨儿媳妇……这些第一次见面的亲人在这间屋子里坐了会儿，喝完小君沏的茶，就走了。是呀，房子是跟单位租的，家具还是二十世纪八十年代搬进来的时候做的那批槭树老家具，水磨石地板，砖砌的厨房，房门还是带着气窗的松木门式样，连窗户都还是老一样，三块玻璃一扇的双开窗，焊着波浪形的栊条——这院儿里也找不出第二家了，实在没有什么能回馈亲戚的。只有十三弟怯怯地问了句："要是老家来人，可以借住吗？"

小君认真思考了一下的样子，拿出一张用透明的塑料薄膜仔细包好的霉点斑斑的黄纸，那是奶奶当初和单位签的租赁合同，说："你瞧，这里写着呢，除了直系亲属，其他人不让住，一律不让住。等我死了，这房子就得还给单位，这合同是这么说的。"

一个月以后，终于清净了，再没什么亲戚来或者打电话来。小君每天还是按照奶奶在世的时候那样，把奶奶的房间打扫干净，买菜煮饭，吃饭冲凉。只是，屋子太安静了，三房两厅的格局，太大了。小君也不知道自己会住到什么时候，毕竟她工作的单位也是奶奶的单位，要到外面去住，她也没有钱买房或租房，这老单位，也就这点儿好了。

小君还没想好谈恋爱的事，一直以来也没有人追求过她，至少她自己从来没觉得谁对她有什么好感的。有时候洗澡，她会用手把镜子上的雾气拨开，看着自己仿佛十三岁以后就再也没有发育过的身体，还有这张平平无奇的脸，是啊，谁会喜欢这个放在人群里都分辨不出来的瘦小安静的老姑娘呢？

听着风的呼啸声，小君仿佛想起了什么，一下子坐起来，赤着脚摸索着寻找着穿上她的拖鞋，小碎花吊带睡裙的裙摆像挂在衣架上似的飘着，和她一起挨个儿检查了一下阳台、客厅、厨房、洗手间、房间的窗户，确定都关得严严实实的了，她这才又放心地躺回床上。

一声"啪嗒"巨响，好像是楼上李姐家的花盆掉落了下来，砸到了一楼王奶奶的院子里，风声中只传来断断续续的女人惊叫与唠叨。小君庆幸着自己光秃秃的阳台，是啊，过去要照顾奶奶，一直没有什么心思侍弄花草，昨天路过花店还在犹豫要不要买一盆月季，给阳台增点儿颜色，只不过觉得雨大路滑不方便，所以才没买，如果买了，这会儿怕是要和李姐家的花盆一起殉情了。

小君知道奶奶一直最放心不下的就是自己，她不担心小君自己的生活，主要还是觉得小君没有个伴儿，特别是小君的父母在那场台风中都牺牲在了钻井平台上之后，她更是一直忧心忡忡。可这话题总是被小君岔开，奶奶只留下一声长长的"唉"，却仿佛给小君的心上又加了一块铅，小君被这一块块铅压得喘不过气来，力气仿佛都用来拖着这些铅似的，总也长不胖了。

风不知道什么时候停了，夜里，小君只听到自己心跳的声音，扑通，扑通，她用右手摸了摸左手攥的拳头，整个手掌包了上去，她想着小时候生物老师说过，人的心脏就仿佛拳头那么大，这么小个拳头，这么小的心脏，跳起来真有力，就像挣命似

的,那些铅块拖着这小心脏,也让它更有力量了。

早晨醒来,出乎意料的是,窗帘透着金灿灿的光。掀开窗帘往外看,天蓝得像一块蓝布似的,没有一丝云,树干渐渐干了,露出灰白的干树皮,叶子上居然还闪着几颗仅有的水珠。风就这么过去了,小君心想。

可是,走到路上,小君才发现风不仅仅是过去了,还留下了一片狼藉,到处都是被风刮断的树枝、树叶,还有花盆、玻璃的碎片,小区的健身小广场更是封锁了,一棵两个小君才能环抱的大榕树倒了下来,正好压在健身器材上,吊车正在试图把卧倒的树冠吊起来,运到一旁的卡车上。一群街坊站在大树边看热闹,只见大树断裂的位置露出白森森的木头,像锯齿一样地豁着,地下满是碎片。再走近些,小君才明白这么粗的树为什么倒了,锯齿状的断口里面什么都没有,这看上去粗壮的大树早已经被蛀空,只剩下外强中干的一个壳而已。

小君要去上班了,临走还听见街坊们议论,说是管理处要把所有的树都检查一遍,如果发现还有蛀空的树都要锯掉。只要没有人受伤就好了,小君想着,又奇怪这天气怎么变得那么快。正在思量,手机响了,打开一看,居然是台风预警,附件云图上,灰色的仿佛弄脏了的棉花似的一大块螺旋状的云,正盖在小君所在的地区上方,而云团的中间圆形的空洞正在这座城市的上空经过,这就是所谓的风眼吧,暴风雨中最平静的地方,小君想着,摸了摸自己的包,还好,带了伞。

脐

脐,古称"神阙","神",人体之元神,"阙",帝王之居所。故此脐乃人之元神庇居之所,又为新生蒂落之处,是为"命蒂"也。胎生后断脐带,经络依存,联通五脏六腑。抚按神阙,通理全身,补足阳气,阴平阳秘,精神乃治。

一

眼前这个小人儿转眼就要三岁了,黑葡萄一般的大眼睛,细细的脖子顶着个硕大的头,藕节似的四肢,屁股上的青记越来越淡了,脸颊上的那块小胎记却越来越大,低低地贴在耳前。真不记得他出生时有这块胎记,仿佛一块书法家的闲章,圆弧形像个迷你鸡蛋的形状。

洗澡的时候,柔滑娇嫩的皮肤像嫩豆腐一样,只不过上面还覆盖着一层细软的绒毛,在背上打了一个漩涡。这是眼睛,这是眉毛,这是鼻子,这是嘴巴,这是耳朵,这是小手,这是小脚丫,这是小鸡鸡,这是肚脐眼……记住了吗?

眼睛是用来看的,眉毛呢?用来挡住汗珠和雨水不要流进眼睛里的。鼻子用来闻和呼吸,嘴巴用来吃东西讲话和呼吸,对,还有亲亲呢!耳朵用来听声音,小手可以做好多好多事情,最能干了;小脚丫用来走路跑步骑车车,小鸡鸡是尿尿的,女孩子没有,那女孩子用什么尿尿?蹲下来就可以了。肚脐眼,干什么的?是插座吗?妈妈肚子里有个插头?妈妈,你的肚脐眼呢?给我看看?妈妈没有吗?妈妈你怎么不给我看?

不要洗太久了,你看小手,皮都泡皱了,对不对?我赶紧岔开话题。没有肚脐眼这件事,我小时候并不知道。养育我的人从来不谈论这件事,也没有机会告诉我为什么。上学的时候,老师给我们展示人体图的时候,我才诧异地发现了自己的与众不同,回家后,在浴室的镜子前照了很久,连一颗痣也没有放过,终归和我研究的人体图里的完全不是同一种东西,最后只好画了一个肚脐在我认为的那个位置。

就这样过了很多年,时常羡慕那些比基尼女孩,还有穿露脐装的女孩,自信地炫耀着纤腰和美丽的肚脐,性感迷人,对于我来说是绝对不可能的。第一次的时候，黑暗中尽管我百般掩饰，还是不能抵抗他的力量和温柔，伴随着探索，他很诧异地抚摸我的肚子，那里光溜溜的什么也没有，我也惊奇地研究着他的肚脐，黑黑圆圆的凹洞。我早已知道肚脐的来历，因此更加好奇我究竟如何来到这世上的，只是，没有人知道，我只是个被放在弃婴站的小怪物。

谁会在意肚脐呢？离开母体之后便毫无用处，成为一个好了的伤疤，一个废弃的插座。只有我这个没有肚脐的人才会在意。我试图去寻找答案，体检结果告诉我身体一切正常，所有可以查阅的著作和新闻，没有任何关于没有肚脐的人的记载，我就这样凭空来到这个世上，找不到来时的路。

宝贝脐带脱落的时候，我小心地用棉签粘了酒精清洁着这圆圆的小东西，皱巴巴地，一圈一圈的皮肤层层叠叠，仿佛拼命隐藏着这个神秘的通道，从此就废弃了，更不能让邪气进入。我想象过，或许我和母体没有任何连接，直接长出了口，靠吞食羊水长大？或许我也曾有过脐带，只是脱落之后伤口直接长好消失了，对，一定是这样的。

医生们总是对我的身体很好奇，但仅此而已，因为各项指标都正常，包括怀孕时的定期孕检，宝贝的脐带就这么和常人一样连接着胎盘，附着在我的子宫内壁上吸收着养分。医生耸耸肩，无法解释，也不需要过多解释，最多有些新鲜似的告诉其他医生护士，这个人没有肚脐，引来一阵围观，渐渐的，大家也都习惯了,不会因为我就是那个"没有肚脐的女人",来产检而可以随时插队。

二

躲在砖石的缝隙,只见周围阴暗而诡异,到处都是尘土的味道,干燥而辛辣。墙上的铁门厚重而坚实,门上挂着一把大锁,一排光着脚的活死人挨个儿整齐地躺在那里,破烂得看不出颜色的囚服下,露出干瘦枯黄的脚。这是囚牢的最底层,关押着等待宣判的他们,游离于阴阳界的边界,等待最后的审判。他来了,利落短发,目光炯炯,脸颊上黥面之印难掩他的俊朗。同样的破烂囚服在身,但他手中是一大串钥匙,打开了门又从里面上锁,这是他每天都要做的事情,点数。一、二、三、四、五、六、七、八、九、十、十一……对了。

仿佛墨绿色的单色默片,只见铁门连着墙轰然倒塌,墙后是装甲。活死人们龇牙咧嘴地惊跳起来,四散奔逃,被抓住的徒劳无功地挣扎,或从崩塌的缺口出逃。墙外是漆黑一片的泥沼,枯木树枝将它围绕,只有一座石板拱桥可以跨过。藏在枯枝之间惊恐地看着这一切,可是没等活死人们过桥,一个亮蓝的闪电劈下,桥从中间断裂开来,他们掉下桥,消失在泥沼中。而后来者,干脆自己跳下了泥沼中,依然消失在黑暗黏稠的泥沼。

只有蓝色闪电之处，看守人盘腿漂浮在半空中，浑身笼罩在如烈焰般的亮蓝色火焰中。我轻轻飘过去，问道，你为什么不下去？他突然睁开了眼睛，从眼睛中放射出万丈光芒，我只有用手中的红绢遮住双眼，可是那双眼睛依然在我面前，坚定地说：为了你！三生石上刻着你我之名，无论你在哪里，我都一定会找到你！一双大手向我抓来，我不禁向后飘去，远离这蓝色烈焰，向着云雾环绕的深山飞去。

三

妈妈好爱你，亲亲好吗？

好。

你记得你从哪里来吗？小东西？

我从妈妈肚子里来的。

你来做什么呀？

我来找你的。

找我做什么？

我要你陪着我，妈妈。

有了以后

老公,我有了……

哇!……

自从我的肚子大了起来,我就不太敢说话了。本来只是例行告知,谁知刚公布消息给两家父母,他们就齐刷刷地从老家都来了,居然就在我们这个单元楼租了一个两房一厅住下。白天帮我们的小家做家务,买菜做饭,晚上等我睡觉了才走,我和老公没试过这待遇。为了分清楚称呼,公公提议直接按孩子的叫法叫爷爷奶奶、外公外婆吧,马上一呼四应,虽然有些别扭,我们还是照办,长辈们开心就好。

前些天我说总是吃不下饭,下班回到家,爸爸妈妈、公公婆婆一起做了一大桌子菜，有老爸亲手做的我最爱吃的酸甜可口、肥而不腻的话梅猪手、妈妈最拿手的生腌萝卜皮，有婆婆祖传开胃神器老萝卜干粥，就连平日不太下厨的公公也使出了撒手锏，猪肚包鸡。一天天长大的宝宝把我的胃顶得似乎到了嗓子眼，加上地铁晃悠拥挤的眩晕余韵犹存，和这屋子里浓郁的饭菜味道，我还没来得及说抱歉，就冲到洗手间干呕起来。是啊，胃里空空，哪有什么可吐的呢？

这天星期天，睡了个懒觉起来，满满一桌子的菜等着我。长辈们都吃过了，老公还在睡，我惊讶，这么多我怎么吃得完？妈妈让我不要担心，吃不完他们中午吃，再给我做新鲜的。我坐下，趁妈妈给我做鲜榨豆浆的时候，婆婆开始如数家珍，这烤紫菜补碘，这水煮蛋可是小母鸡下的初生土鸡蛋，卵黄素含量高，这白灼虾高蛋白有助于宝宝头脑发育。我寻思，这个月份的宝宝还没有梨子大呢，这么多东西吃下去，多半都到我身上了。仿佛知道我心思似的，婆婆已经开始讲她怀孕那时候，还要下地干农活，差点儿把孩子生在地里。妈妈端来豆浆，也一边附和，说她那时候怀孕，想要吃一只鸡都要等一个月。我堆着笑说着谢谢，默默地每样吃了一点，无论他们怎么劝，我都实在吃不下了。

吃完早餐，碗已经被妈妈和婆婆抢着去洗了。爸爸背着准备好的钓具，说要到郊区水库去钓鱼，原因是市场里的鱼都是饲养的，全是激素，水库里的才好。

爸爸前脚刚走，门铃又响了。来的是安装空调的。以前我

总是怕冷,而今肚子里仿佛有了个小火炉似的,总让我觉得太热。公公本来在阳台上小憩,一听这响动马上跳起来,招呼婆婆一起,两个人嘀嘀咕咕了好一会儿。接着公公举起手,礼貌地把师傅们请了出去,我正要问什么,睡眼惺忪的老公从卧室里走了出来,一看就仿佛明白了似的,说:"老婆,你等我一下,一会儿我们出去散散步。"说完就用迅雷不及掩耳的速度完成了洗漱和早餐。

把我拽出门他才告诉我,他们老家的规矩,这家里有孕妇,不能钉钉子,要动,那也有很多仪式要做的。正说着,只见公公拿着一套全新的红色扫帚和簸箕回来了,对我们点点头就上了楼。

没几天,帮忙做家政的梅姨就没再来了,我还纳闷,老公说,爸爸妈妈们说胎教很重要,梅姨长得不太好,又瞎了一只眼睛,平时说话嗓门大,不利于胎教。唉,我多爱吃梅姨腌制的酸菜和常做的虾饼啊,东西找不到问她就可以,现在?唉。

快递来了,是我买的育儿书,正拿了把剪刀要拆封,妈妈见状叫我赶紧放下,说这孕妇绝对不能碰剪刀、刀、针这些尖利的东西,不吉利,煞气重。随即爸爸端来了笔墨纸砚给我,又打开了电唱机,播起了莫扎特。

终于到了放风日,姐妹们聚在一起七嘴八舌地分享经验,毕竟我是晚婚晚育,姐妹们的娃都快上中学了,我这个还在肚子里。一个说孕妇不能吃西瓜,一个说不能吃香蕉。我仿佛听了天方夜谭，拿着小本本记了一下，居然有几十种那么多，有祖传的知识，有亲身经历，还有从宫斗剧里面看来的小知识。按这说法，我也没几样可吃的了。最让我印象深刻的是我吃了好久的蛋白粉不能吃了，闺密小希说这家公司的老板就是因为蛋白粉吃太多，不到五十岁就挂了。

不光是吃，不少动作也是不能做的，提拿重物坚决不可，羞羞的事想都别想了，就连坐地铁都不能高抬手臂抓吊环。好在最近被长辈们养肥了不少，虽然月份还不大，看上去已经不小了，到哪里都有人让座，着实幸福了一把。禁忌太多，遇见意见相左还是看科学育儿书才好。

流行的新鲜事一件也没落下，照孕肚艺术照，预约了月子中心，胎教仪和胎心监测仪都买了，接着是开列清单囤货，片片奶粉吸奶器，还有各路人马认领了任务，婴儿车、婴儿床、奶瓶什么的都有亲戚朋友认领了会送，感觉宝宝真幸福呢。

哎哟，宝宝踢我了。

什么？快快，让我摸摸！

继承人

"自古以来,接班人计划就是非常危险的,权力的欲望总会驱使接班人迫不及待地把前任干掉,也正因为此,接班人一旦确定也会往往为在任者猜忌,这也就是太子不得善终的道理。"

"所以在死前再指定继承人最保险啊,是继承人和在位者之间的互相保护。"

"那么继承人不明朗之前岂不是会有腥风血雨?"

"那是自然,只要这腥风血雨不要危及在任者的地位,无论怎么来都不为过。更何况,在竞争中总会是优胜劣汰的结果,无论是权谋者胜还是德高者胜,能胜就是必然,能胜就是道理。"

这样的辩论总是在我的脑海中不断出现,什么时候开始的倒也记不得了。自从当了作家就仿佛患了人格分裂症，不断有各种各样的声音出现在我的脑海里，还好，只是在脑海里，至少妻子并没有觉察到我有什么第二个人格替代我出现在她的面前。但是也不能全信妻子，毕竟我自己也没有把自己的全部和妻子和盘托出，自己的多面性也并不想让妻子全部了解，再则，妻子也并非24小时全天候和自己在一起。

跨入人工智能时代以来，很多人的梦想就是买下一个智能机器人，然后让它代替自己工作，自己则可以享受生活，虽然这违背了人因劳动而为人的定论，但是享受生活不也是劳动吗？比如说我喜欢的烹饪、种花、钓鱼、远足，哪一项不用付出体力呢？而且不带任何功利色彩的去做一件事，是何等的纯粹与高尚啊。更何况还可以有更多的时间陪伴妻子。

但是此刻的我必须坐在电脑前敲打着键盘，把脑子里的各色人等的各种声音倾泻在屏幕上，这部小说必须要赶在出版社截稿日之前全部完成。而妻子呢，则在一旁甜甜地进入梦乡，或许正是她这么甜美的睡姿让我心甘情愿地挑灯夜战，让自己的大脑高速运转，以期作品获得出版社的认可，可以赚取稿费养活一家人，更可以攒下钱为购买智能机器人储蓄。

说起一家人，也仅仅是自己和妻子而已。一个单身公寓如何养孩子呢？我也经常自嘲。妻子似乎也并没有要生孩子的想法，每当我在家奋笔疾书的时候，妻子总是打扮得美美的出门，有时候会友，有时候听一些讲座，参加一些会议，还常常把自己的自拍和合影发到自媒体上，也许妻子觉得没有孩子的负累，生活可以更轻松吧，至少妻子从来没有和我提过要孩子的话题。我常常翻看妻子个人主页的照片，她总是笑盈盈的那么可爱，我感叹：啊，正是你美丽的笑容和对生活的满足，让我的辛劳有了意义！

妻子就是我的缪斯，这一点是千真万确的，每当我对写作失去信心的时候，妻子总会端来一杯热茶，微笑地看着我，陪我聊聊天，这样的聊天往往能激发出我的灵感，因为紧接着，种种离奇曲折的爱恨情仇就会涌泉一般地在脑中不断浮现，让我恨不得自己有三头六臂，可以一股脑儿地全部写下来。

妻子也是我的经纪人，我是不想那些俗事烦恼自己的，那些和俗人打交道的事情就让妻子去面对吧，真是辛苦她了，我觉得自己负责写作就好。每次交了稿，妻子总会给我一个大大的拥抱和甜甜的亲吻，一切疲劳感都一扫而空。我也会问起出版社和读者的反馈，妻子就会找出出版社编辑的回信与读者的留言，一条条念给我听，和我一起享受认可和喜悦。碰见对我的口诛笔伐，我总是非常沮丧，而此时妻子总会勉励我：这些都是善意的提醒，下一次的作品要进一步提升哟。

交稿之后是难得的休息日，我躺在床上自言自语：

"唉，不知道什么时候才能存够钱。"

"存钱要做什么呀？"妻子问。

"买……"我不太想说出自己真正的愿望，"买个房子呀。"

"买个房子要干什么呀？"妻子俏皮地说。

"想要……想要一个我们的孩子。"

我只见妻子睁大了眼睛，仿佛不可思议地望着自己。

"怎，怎么了？你，害羞了？"

只见妻子用手指向我的脑门儿点过来，眼睛里一副惊讶与同情交织的表情。

"喂，你好，对，我要退换货……"

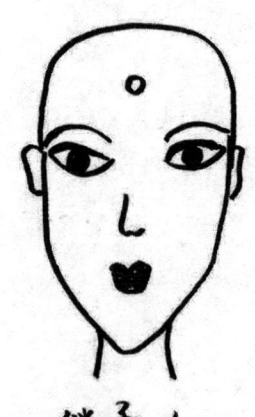

不著名滞销书作家

伤脑筋，家里的书多得快装不下了，又舍不得丢啊，伤脑筋。这么多书，从体量上说，一半是别人写的，一半是我写的。别人写的嘛，我买的多半是经典，有些书看了一遍又一遍，一点儿不会腻，每一遍还有新的感悟；有一些看了几页就再也读不下去，太深奥难懂，容易消化不良；有一些看过一次就心生怨气，感觉浪费了时间和买书钱，但惊叹自己还是看完了；还有些书，到现在也没拆封，安慰自己以后退休了慢慢看，或者直接等绝版了升值卖。而我写的，实际上就一本，印多了卖不出去，又舍不得送人，如今在这寸土寸金的地方，这书占的位置，已经够一个单身公寓了，真够奢侈的。

作家圈儿流传着这样一个笑话,知名滞销书作家写一本滞销一本,在城里买了套房专门装书,十年过去了,书没卖出去,房子升值了十几倍。我是没赶上好时候,赶上好时候也没钱,这不,还得多花一个单身公寓的租金放着这些书。唉。

作为一名不著名的滞销书作家,我还有什么指望的呢?定价三十元一本的书,二手旧书卖六元还没人买,是啊,还要搭邮费进去呢!谁干呀?看来这书,也就对我有价值,算是完成了心愿,还有就是对院子东头破烂王老刘有价值,论斤卖还能收不少钱呢!

《左传》记载叔孙豹有云:太上有立德,其次有立功,其次有立言,虽久不废,此之谓三不朽。我就是中了这个毒,追求什么立德立功立言的士大夫所谓的不朽,明明没什么德也没什么功,写了些个无病呻吟还想立言,根本什么也算不上,正是应了黑土对白云说的,写了本书叫《月子》,刚好村东头的厕所没纸。纸张太好不吸水,做厕纸还不太好用,至少没有报纸用户体验好。

早知道少印几本就好了,送送人过过作家瘾得了,因为根据上述事实,证明我这书既没有经济价值,也没有实用价值,精神上既不能对人有所启迪,更不能为大众提供娱乐消遣。

自然,书出来之后还是收获了一些鼓励和肯定,有的说,看不出来你还有这本事,有的说,这得费多少脑细胞呀。谢谢大家伙,我听得出来,没几个认真读了的。估计朋友们看我可怜,

或许他们也没想过自己写书，没经历过写作这件事，总觉得我吃了不少苦才写下了这板砖厚的一本。其实吧，写这书倒不难。记得有位作家费尔巴哈说：人就是他所吃的东西。按照这个逻辑，一个人的思想就是他摄入的精神食粮，那么他说的话，写的字是什么呢？难道不就是这精神这大脑消化过后排泄的东西吗？只是这东西，说了，写了，不是还在这人脑子里吗，一次次被反刍，还加了料，发了酵，搞得人都不知道自己姓啥了嘛。所以，写书有什么难的呢？一点儿不难，就是顺其自然，想咋写咋写。但是，真能想咋写就咋写吗？要说写书难就难在，不仅要自己排泄得舒服，还得让别人摄入得痛快，这才难。不然印出来直接卖给老刘就好了，拿去化成纸浆更环保。

有毒更不能随便排，就像得了传染病似的，自己闷头生病就好了，不要祸害别人，特别不能自己祸害了别人还自认为有理了，实在是要不得。时常得找编辑医生体体检，看到知名畅销书作家的作品认真做一下对照检查，下一次自己有排泄欲望的时候好好想想，有什么好排的，排出来的有没有毒，不要只顾自己舒服而让别人不舒服，这是个道德底线的事儿，得守住。

隔壁老沈走的时候，他儿子女儿来打扫了好几天，书没几本，衣服没几件，就是奖状证书奖牌奖杯什么的一大堆。这些物件可都是老沈的珍藏，大热天他都经常开着门，就为了咱们这些邻居走过路过能多看几眼他那像陈列室的客厅。那家伙，琳琅满目各种款式，从新中国成立初到现如今，奖状有毛爷爷语录款还有最新防伪款，奖杯有大大小小的水晶、黄铜各种材质，奖项也是丰富多彩，最新的一个是"最受欢迎退休老干部奖"，让人眼花缭乱。不知道的还以为他开店，主营业务就是卖奖状证书的呢。

唏嘘啊，我知道老沈想要儿女们给他弄个纪念馆、故居什么的，家乡老宅能腾出来自然是好，可惜儿女们都出国了，老家没人照管，这些东西没有地方保管，档案馆、博物馆也不要，只能找老刘处理掉。那几天，老刘简直笑开了花，还特意到我家里转悠了几圈，就盯着我家里那堆书。我还不知道他嘛，不就是等我点头他就拉走嘛。当时我在心里就是不服气，我就算全部捐给希望工程，送人了也不给你这个破烂王，给了你，那可就真掉价了。

楼下老张的孙女捡了个大鹏展翅的奖杯当玩具，算是老沈众多收藏中硕果仅存的一个了。那可是老沈最得意的一个奖，国家级，大鹏杯全国老年人摄影作品大赛金奖，大鹏是齐齐哈尔一家著名牛饲料生产企业，这个大赛是大鹏公司赞助的。

其实我还是有点儿小心思的，总想着这本书滞销，下一本或许成功了呢。现在我没啥名气，没人知道我自然不会看我的作品，只要认真看了，多少会喜欢吧。可是，看了我作品的能有多少人呢？这世界上能懂我的高深莫测的思想的又能有多少人呢？大家都喜欢简单的娱乐，不喜欢烧脑的哲思，说实在的，我这些发了酵的陈年老醋，酸得倒牙，在一些人眼里一文不值。可世事难料，说不定哪天成名了，这滞销书马上变畅销书，我不得狠赚一笔吗？哈哈哈，可是，凭啥出名呢？这个问题可难倒我了。算了，还是放过自己，不然等我死了，就便宜老刘了。

大树下

呸!这天也太热了吧!这太阳迟早把我烤干!树荫底下也不见得凉快多少!还有这蝉,吵得人心烦意乱!你们就不累吗?

老树皮梆硬地一直伸到树顶,看得我口干舌燥,嗓子冒烟。老墙皮上面密密麻麻的石米,跟沙漠里的沙子一样,越看越焦躁,头发要起火!

眼前这些小媳妇、大婶子路过的时候都喜欢偷偷地瞄一眼我敞着的怀,你看,又看咯!有什么好看!天气热,待会儿我还要光膀子咧!你们这是没见过男人吗?知道你们家那口子白得跟死鱼肚子一样,不是一身排骨就是一身肥肉,咦!都是富贵命,哪像真男人!你看我这油锃发亮的胳膊、胸膛,结实不,筋都暴起

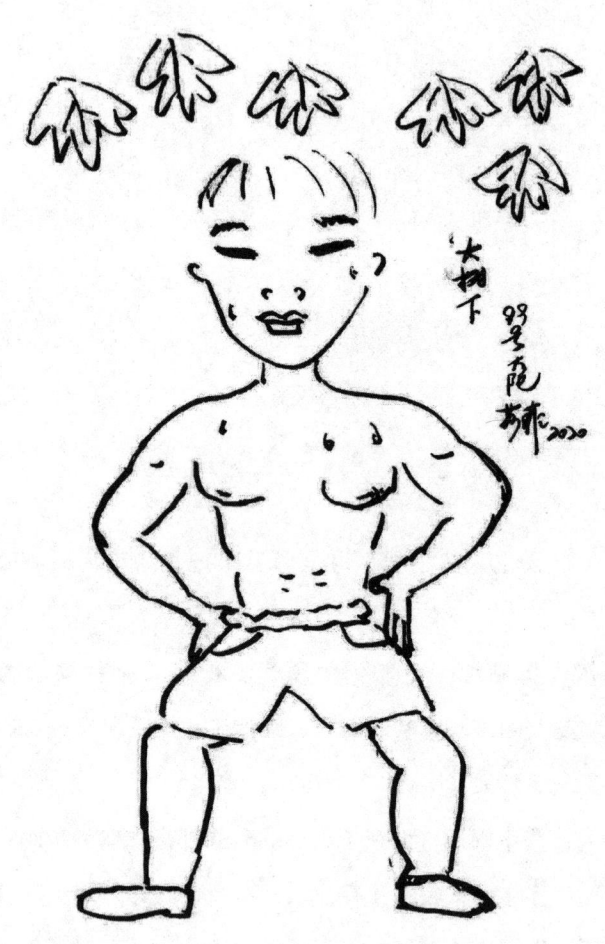

来了,这一拳头砸下去,墙上指不定得有个坑!平日我扛沙袋、扛米,一下子三四百斤没问题,就问你们家男人能抱得动你不!还流行减肥,你瘦成麻秆他也抱不起你!我一个抱俩不在话下!

可惜我没有婆姨可以抱,我们队上全是男的。我也喜欢蹲在这树底下看看女人,这城里女人真好看,各式各样的裙子,露出雪白的腿,凉鞋跟镶了金子一样,那脚指头、脚后跟还是粉红色的,真嫩啊!还有的小姑娘穿个吊带,露出白花花的胸脯和肩膀,我的个乖乖,看得我鼻血都要喷出来了。偏偏这样的小丫头不把我们放在眼里,脸上涂脂抹粉画得跟个妖精一样,鼻孔朝天走过去,呸,一看就不是正经女娃。我就喜欢那提着菜篮子的姐姐,穿衣服有袖子的,也不会化什么妆,长得不好看也不难看,中不溜,看着贤惠啊!像我们村的女人。

我在这里等活哩。不体面?说什么体不体面哦!其他那些小区都封闭起来了,保安不让进,就这个小区,保安还挺和善,当然,敬根中华烟还是有必要的。干我们这行就是拼力气,只要有钱赚,就别顾什么体面咯。没念过几年书,到了这城里头,跟着老乡干搬家,挺好。我们队长就是我们村的,出来都是他照顾我们。他有本事,把这个小区的活儿全部都承包咯,他跟保安队长关系好,听说跟物业公司老板也很熟,我们在这儿不怕被人赶。

其实这里的住户也经常叫我们帮帮忙,平日里出出入入都是老弱病残,难得有几个年轻力壮的,都是眼睛长在头顶上,细皮嫩肉不干活的。还健身!花钱健身不如搬砖挣钱,终究这城里人还是拉不下这个脸,死要面子!刚来的时候我还常常想,真是一样的人不一样的命,城里头的人真是好,不用干这些脏活累活,我怎么就这么倒霉呢?投错了胎?现在我觉得,他们越懒,我们越有机会赚钱,钱是个好东西,不分高低贵贱。

走到哪儿,都要讲道理,碰到不讲道理的才讲拳头,在外头想要不被欺负,就是要先礼后兵。老实人不能吃亏,害人之心不可有,防人之心不可无。反正,我就是老老实实挣一份辛苦钱,多劳多得,做人要对得起自己的良心。但是想把我应得的抢走,没门儿!唉,我现在心里发气呢!就是因为老吴!

这个老吴,长得比我高一个脑袋,五大三粗,但我不怕他,我跟他能扛得差不多重,都说我重心低,能扛,说他是身长腿短懒猫腰,一看就不是勤快人。不勤快那又怎么样,这小子脑筋比我好使,平时话不多,每个月雷打不动给家里寄钱,不晓得他怎么能存下那么多钱。我算了一下,房租二百,伙食四百,有时候抽个烟,自己抽骆驼,买一包中华以防万一,再加上有时候馋了打打牙祭,这一个月下来十张毛爷爷就没有了。往家里寄钱,没有一两千的不好意思去邮局啊。我们老家只有邮政储蓄,其他大银行是没有的,拿几百几十你好意思嘛,柜台那女的能用白眼把你白死。

我晓得他小子有个相好的,经常去坡上那家招待所,就是挂着彩灯的那个。那次搬家的时候他在路边捡到一个小卡片,咦!卡片上面那个女的差不多算是没穿衣服,还有电话号码。我瞟了一眼就不敢看了，他倒是看得津津有味。这之后，有次队长找不着他，让我去找，我找了好久都没找到他，打他电话也不接，差不多就想不找了，没想到就看见他和一个女的从招待所里面走出来。那女的也不怕脚崴了，穿着两块砖头那么高的高跟鞋，脸画得和鬼一样，衣服再穿少点应该警察就要抓她咯。老吴推了一下那个女的，还拍了她屁股，那女的还笑。两个人拜拜了，老吴才看见我，冲我笑。得意，叫你得意！那都是花钱买的，没钱她理都不理你，我就不信你能讨到好女子，好人家的姑娘谁看得上你这个卖苦力的？

怄气？我为什么怄气？你说老吴这个人，刚才我们帮一个老师搬家，这个老师是要搬到新房子去住了，嫌这个小区旧了。那个老师家里有好多书哦！我这一辈子都没见过那么多书，他的屋子在这个城里算是蛮大咯，三个房间加个厅，到处都是书架，书架上面都堆满了书，但他居然要把这些书都卖掉，不知道是怎么想的。这不，破烂王老刘就叫我们去帮忙咯。说好的我和老吴两个人，一个人四十，另外一个人头再给队长十块。我们按照老师的指示打包好，搬了一半，背着正在称重的老刘，老吴对人家老师说我们两个人太累了，叫老师再叫两个人来帮忙，又说要么再多给一份钱。这老师啊，斯斯文文、白白净净，戴着一副黑框眼镜，他抿着嘴很为难的样子。我对老吴说，算了嘛，都讲好了，我们攒劲搬，可以搬完的。老吴说，要搬你搬，我累了，要先歇一会儿。说着真的找了沙发大摇大摆地坐下了。

以前老吴总是比我赚得多,我不知道为什么,今天才明白,他应该是经常用这招了。我满脸羞愧地看着那老师,这个时候,他要到哪里去叫人嘛。我们队的人都跟队长去做大活去了,外面的搬家队是进不了大院的。看来这老师也是明白人,只见他想了想,然后一脸轻蔑地瞥着我们,从鼻子里面没出声哼了一下,在口袋里摸了两张五十给我们。老吴起身一把拿过钱,一张给我,一张揣到自己口袋里面,又开始搬了。我拿着也不是,不拿也不是。眼见老刘要过来了,让他知道的话以后都不用做他的活了。最后,我还是把钱放进了口袋里面。

我心里好气,看架势那老师以为我和老吴串通好的,觉得我在演戏。都怪老吴,平时别人嫌我穿得破,身上脏,汗臭脚臭我都没关系,我心里干净啊!但是被人说不守信用,怀疑我的人品,认为我就是那种人,我就受不了。我干着最脏最累的活,都是抬头挺胸做人,我心里敞亮,凭劳力赚钱,凭着良心做事。可是老吴这家伙实在太不地道,这叫啥,这叫坐地起价,敲竹杠啊!难道我们的良心就值五十块钱吗?我觉得自己真不该收这钱,怄火!

这钱我要不要告诉队长呢?告诉他,顺便提一下,你看我们提价一倍人家雇主也会给,还不如一开始就报高一点,以后收入就要比现在高一倍咯,正正当当地赚钱,多好。不行,哎呀,他会不会以为我每次都这样,哎呀,讲不清楚咯。不告诉他的话,我这钱也花不出去,放起来,等下次给家里寄钱的时候一起寄过去。哎哟，这以后不能单独和老吴一起干活了，他肯定不是第一次这样干咯，以后每次他都这样弄，我就被他带坏咯。可是，我来这儿不就是来挣钱的嘛！不行不行，这挣钱也得堂堂正正地挣，不能搞这种歪门邪道的。我宁愿捡废品卖给老刘，也不能这样，都讲好了价钱还改，不应该呀，不应该！

你看，那家伙来了，呵，还拎着一瓶冰镇啤酒，不，是两瓶！怎么，想封我的口哦！我才不要，不稀罕！看你那个吊儿郎当的样子，得意啥子得意！你就不对，晓得那个老师不得请别人，你老老实实把活干完不就行了嘛，搞坐地起价那一套，被人瞧不起，我的脸都叫你丢光咯！那个老师要走了？以后都不会回来咯？那又怎么样？你做人不得有良心吗？良心值多少钱？良心是无价宝！你说良心不值钱？还是你的良心就值五十块钱？啤酒不香？不冰？不好喝？本来是好喝，你现在这样子搞，我也觉得不好喝咯。你想要提工资，你光明正大和队长讲嘛，他收得多是应该的，我们有今天全靠他，你这个人，不能忘本！我晓得你，你在城里久了，眼睛看花咯，心里弯弯肠子多咯，你想变成城里人咯！你有本事你去当城里人去！没人拦着你！我，我怎么咯！我也收了钱？！我不收，要是让老刘看到，我们以后还有没有活干咯！都怪你！！你再说，我这就把钱还给老师！什么？老师走咯？已经走咯？！退不脱咯！唉，都怪你！

我是谁

我不知道我是谁了，走在陌生的街道上，看着陌生人从身边匆匆走过，可是，我是谁呢？人们走得那样快，快得我还没看清楚他们的脸，他们就又消失不见了。

我在路边坐下，人们的移动让我眼花。我只好看着自己的手，手背皱皱巴巴，干瘪枯槁，骨节粗大而突出，指甲很干净，剪得整整齐齐，手掌苍白消瘦，掌纹仿佛画上去一般突兀地横亘其上，瘦长的掌心延伸出更加细瘦纤长的手指，指端光滑得仿佛没有了指纹。指纹可以确认身份的，我记得。派出所可以找人鉴定指纹的，我记得。派出所，就是那特别颜色的房子，我记得。我记得那么多的事，就是忘了我是谁。

我是谁呢？我低头看着我的脚，军绿的解放鞋，鞋带系得很整齐，鞋面很干净，翻起脚来看看，鞋底子磨掉了一圈，仿佛青团露出了红豆馅。是啊，青团，多好吃啊，淡淡的艾草香，软糯弹牙，红豆蓉不用放糖已经很甜蜜，淡淡的味道啊。家乡，我大约是江浙的人吧，脑中浮现出青石板的巷子，乌篷船和鸬鹚们，还有那一支青篙的徜徉，仿佛脚踩在甲板上，前面就是岸，总也靠不上。卷起了裤管，露出灰色的尼龙袜，总也穿不坏的尼龙袜，如今也已经买不到了。我记得这么多呢，怎么就偏偏忘记了自己？

起身又走进了人流中，靠着最边上尽量躲避着人海的浪花，路旁的店铺光怪陆离，玻璃反射出双重的世界，双重的人流让我有了双重的眩晕。但是，等等，我看到了我自己，熟悉又陌生的脸，苍老是唯一特点，灰白的头发在风中颤颤巍巍，露出布满老人斑的头皮，松弛的皮肤耷拉出层层的皱纹，空出五官的位置，好让浑浊的眼球、突出的鼻毛、晦涩的嘴唇和下垂的耳廓各归其位。

这脸上是岁月的洗礼，这眼睛也曾晶莹透亮，这鼻梁依旧锋利挺拔，这张嘴，许下过多少承诺，说过多少真真假假的心里话，这双耳朵，愿与不愿装下过多少是是非非？这一桩桩一件件的好的坏的事，都去了哪儿？怎么就不记得了呢？

身上是件白背心，破了些洞，看得我有些难为情，露出的皮肤松松垮垮地像一件衣服搭在身上，营造出内衣外穿的感

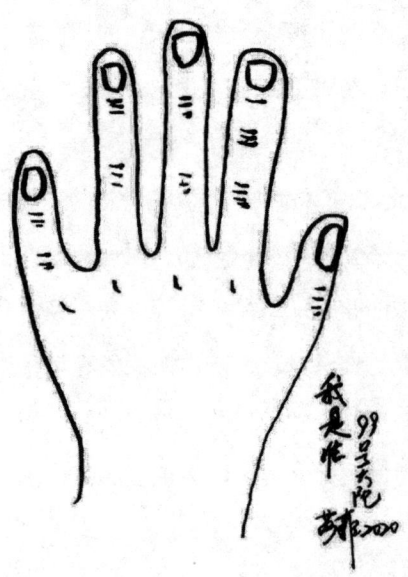

觉，还是件破内衣。还好裤子是外裤，军绿色的帆布裤，用牛皮带束起来。口袋，对咯，口袋里会不会有什么东西？嗯？是串钥匙！

让我看一看，大镍钥匙，是开单元楼的铁门的，现在换了感应锁，配了蓝色的小卡片，这钥匙早该扔了，等等，上面贴着胶布，已经从白色变成了灰色，上面用圆珠笔写下的笔迹也模糊了，就看得到最后一个字是数字1。另外两把穿在一起的不锈钢钥匙，一把是防盗门的，一把是大门的，我从来不分，插错一只就换另一只呀！

咕叽咕叽，肚子突然叫了起来。对了！我还没吃饭，我是出来买菜的，准备回去煮饭！回哪儿呢？看看周围，到处是高楼大厦，中间夹着低矮的楼房。对，我要回大院的，买完菜是要回大院的。同志，请问这附近有什么大院吗？哦，99号大院！怎么走？后边？沿着这条路一直走，就到了？行，好的，谢谢您！

转个方向看，确实这街道有种熟悉的感觉了。这不是工商银行吗？这不是大超市吗？这不是报刊亭吗？《半月谈》？新的？给我来一本吧。

"老陈，你不是早上买过了吗？"

老陈，原来我是老陈！哦哦哦！我敷衍着，放下书，继续往前走，这就是99号大院了。我跟着感觉走着，走着，这栋楼看着熟，对，这栀子花，这白兰花的香，是，就是这里了。咦？这钥匙怎么打不开？插都插不进去！这是谁干的！？怎么，不让人回家吗？

"爸！你，你怎么又来了！看吧，我就知道你在这儿！走，咱们回家吧。"

别拦我，这是我家，我就住这儿！等我找到谁换了我们家的锁，立马报警把那家伙抓起来！

"爸！咱们早搬家了！这现在是人家的家！您别这样，这可是扰民呢！走，跟我回家啊，乖！"

搬了？什么时候搬的？我怎么不知道呢？你妈同意了吗？她种的茉莉怎么办？那花可是她的宝贝疙瘩呢！

"爸！……您不记得了吗？妈，妈已经走了呀。"

走？去哪儿了？什么时候回来？我想她了。

"爸！……"

二锅头

呵,是那丫头吗?是,是那丫头。都长这么胖了?!居然已经当妈了,旁边那小子一直缠着她买吃的,妈啊妈地叫得欢,这肚子里还装着一个呢。也是,我都退休了,她能不长大了嘛。没想到居然住在一个院子里,这世界实在小极了。想当初我刚转业到地方,啥事儿也不安排给我,让我带人参加运动会。我说你一个屁点儿大的企业搞什么消防运动会,让我这个炮兵团长带这帮菜鸟做什么?还是报名制的,队员还不能让我这个教练自己选。这丫头就是个领导的小孩,屁颠颠地自己报名要参加,说是要主动接受锻炼。呵,我看她细皮嫩肉圆滚滚的,一看就是娇生惯养没吃过苦的主。平生我最恨那些当官的,什么好处都他们占了，子女工作都安排好了，那些苦孩子怎么办？这是一辈子也脱不了的穷根啊。

碰我手里，我就治她，一天八小时训练，让她卷四小时水带，这么热的天，不中暑也得脱层皮。我看她娇滴滴回去找领导哭去吧，老子天不怕地不怕。没想到这小丫头还咬牙坚持下来了，瘦了三十斤，整个人都变了个样，又黑又瘦。我刚想给她安排点儿项目上场去拼，说不定能拿个名次，没想到领导一个电话打过来，说有队员投诉我边训练边喝酒，中午拿二锅头泡饭，还无故责骂队员！奶奶的，不是这死丫头告状还能是谁！我眼瞅着第二天比赛，头天晚上让队长通知她，第二天比赛别来了，班车坐不下，让她两个月白练，哼，没有她咱们也是第四。从那以后就没见了，我也没整过什么人，偏偏就记得这事儿，偏偏冤家路窄，居然和她住一个院子。这人一茬一茬地长，头茬的命不好，二茬的命不错，一代比一代好啊，看嘛，没赶上分房，也能赶上开放二胎呀。

我这人懒，退休了还成天穿老单位的制服，不就是白衬衫黑裤子嘛，在部队就穿军装，退休了还穿也是有点怪。这些东西我都不讲究，老婆也没工夫管我，这么多年了，我身材也没变过，还是那样，不过看那丫头没注意我，估计没认出来，还是先走吧，装不认识最好，省得麻烦。我得去买酒，家里就快断粮了。二锅头，二锅头，最美不过品小酒。咱家那位？咱家那位遛狗，五十多岁的人了，吊带背心，牛仔热裤，光着胳膊光着腿，穿那么少还不如不穿,勾引谁啊?下不出蛋的鸡还能叫母鸡吗?我看她跟狗比跟我亲,同进同出,同床共枕,干脆她俩过得了。不过也亏得她,还能从老丈人那里继承了这套房,在这城里扎根下来,退休无忧。这二十世纪八十年代的房改房,户型还挺方正,位置算是老城区中心了,楼层也不高,我还能有什么念想,就这么混吧。这一天天的,唉。

最近这女人也不嚷嚷着要跟我离婚了,我能怎么样呢?吼她?撵她?躲着她?看这几天消停了,估计是有相好的了。她有她的狗,我有我的二锅头。这世道都是怎么了,啊?女的比男的横,下属比上司蛮,不干事的天天升官领工资,干活的累死累活还怕饭碗不保,男的和男的,女的和女的,乱七八糟,这电视里每天播的啥,明争暗斗,厚黑糊涂,没一个正经的,把这人心都搅得像一潭浑水,浮躁!还是二锅头好,有滋有味,可就是喝不醉啊。我多想喝醉,干脆喝死得了。她原来还劝,这几十年是没劝过了。就说我愤世嫉俗,说我与这世界格格不入,我说,我犯得着和这世界同流合污吗?有什么好的?啊?不能批评吗?不能看不惯吗?不能提意见吗?不能发牢骚吗?这个世界不就是我们这些人推动的吗?没有我们这些人时常提醒着,我看那些人还以为自己要上天!

老板你笑啥,看我几天没来想我了吗?别太多,太多拿不动,送货?不用,偶尔下楼买个酒,就当运动走一走。这小绿瓶子几十年不变,挺好,走哪儿都能认出来,好找。要是把这么些年干的瓶子堆起来，这小三房估计装不下。听说部队现在都不喝酒了，呵呵，关我什么事儿呢，把我们这帮训练出来了，也都换出来了，来点新鲜的，来点新鲜的吧。这走廊里的灯泡坏了那么久也没人修，钥匙都看不清楚。得，总算进门了。这饭也好了，哟，那么硬，满上我的二锅头，好，还剩了点儿花生米，这滋味儿，美。

老李，老江，老黄，来，干了！你们不知道吧，我今天愣是靠看嘴形和人说话了，咱们以前那些炮啊，没白打，哈哈哈。涨工资了，退休工资，津贴，能不涨吗？这二锅头都翻了几倍了，工资不涨，我拿什么买酒敬你们啊。那罐耳朵我还留着呢，就放在书房柜子里，那都是我们咬下来割下来的，拼刺刀拼出来的。那死女人怕得很，连书房的门都不敢进。我还经常拿出来数一数，晾一晾，晒一晒，可不能潮了、发霉了，这可是咱的战利品，比破子弹壳威风多了。这女人跟了我也算是倒霉，也就是我们到前线之前那段日子算是我女人，这么多年了，守活寡，养不出孩子，吵吵要离婚，也都是喊喊做做样子。我有时候在想，她是不是觉得我有津贴，有稳定收入？还是在等我喝死了，好去找别人？她现在也不劝我了，估计给我打怕了，也不敢劝了。你们说，她这几天老出门，又那么消停，是不是有相好的了？老黄，我怎么没理她呢，是她没理我好不好！啥，我，我耳朵不好使了，她喊我我没听见？

好吧，是有那么几次，她拍我我才跟她说话的，全靠猜嘴形。算是我错怪她了。唉，能活下来，多亏了你们啊，炮打完了，敌人上来跟咱们近战，我们都杀红了眼，那雨，那火药味儿，那烧焦的肉味，那泥浆混合着血的味儿……那味儿一出来，我就只能拿酒搅和着才能吃下饭。我也想替你们活得像个人样儿一点儿，可是，唉，这一闭上眼睛就回到了老山，回到了猫耳洞啊，脑子里就嗡嗡的，都是那些枪声、炮声、喊声、哭声。喝点酒，你们就出来了，还是喝酒痛快啊。这些事我想忘吗？想啊，忘记了就没有痛苦，忘记了就轻松了，可是，我能忘吗？我也想当个男人，可是，你看这弹片，还在那呢，我一急尿它就提醒我，我醒来它又提醒我，白天黑夜、无时无刻，这世界不都在提醒我吗？我不能忘，我怎能忘！唉，不说这个了，来，干。

我这手、脸现在是越来越黑了，我知道，这一天天黑下去，咱们就能早点儿团聚了，这个世界不属于我们，我们也不属于这个世界，哪怕，我们为了这个世界流过血，拼过命。可你看看，他们又有多少人知道，又有多少人记得呢？老李，你批评得对，是，我这思想不端正，不应该，可是，我心里苦啊，跟你说说还不行嘛，你当书记的，你不就得关心，不就得听我说吗？还是老江好，闷葫芦，当年要不是靠他扑在我身上，我今天也没这二锅头喝了。敬你，老江。等着我，就快见了，干！

死　法

这院子大了，什么事儿都可能发生，最近比较多的是死亡事件。别害怕，都是正常死亡，120一来，抬走，还没等堵车呢，一切就结束了。就算抢救不过来，也得到医院办死亡证明啊。人活一辈子，出生证、毕业证、结婚证、离婚证、职称证书什么的，这个证那个证一大堆，临了颁个死亡证，这辈子也就这么着了。好点儿的，有个烈士证，坏的，在殡仪馆门口去看看，有没有贴出来尸体认领的通告。好些个剥夺政治权利终身的某某某，死了都没人认领。死了就死了吧，挨枪子儿，也得分礼义廉耻，青红皂白。

院子里白天青壮年上班去了，孩子们上学去了，剩下的都是老幼病残，特别是我们这些老同志，喜欢扎堆，打打牌，下下棋，看看热闹，还喜欢聊天。主要话题都有些啥呢？一般都是从买菜开始说，哪家菜新鲜，哪家服务好，接下来上到天文地理，下到社会现象，纵横九万里，上下五千年，然后就开始聊自己的后代们，儿子女婿怎么本事，孙子们怎么可爱，女儿媳妇怎么孝顺。这些话听听也就算了，夸完了就开始数落这个那个的，特别喜欢诉诉苦，翻捣家里的外姓人的事儿，然后仰天长叹，进入最重要的话题。

  人活着啊，总归要死，怎么死好呢？最受大家推崇的算是心梗了，死得快，长痛不如短痛，前提是得先把后事安排好，免得自己就这么突然走了，家里乱成一团，给后人留麻烦。最让人害怕的就是长重病，那可真是不得好死，这一辈子的积蓄耗尽了不说，久病床前无孝子的被人嫌弃也就算了，最糟糕的是身上到处都插管子，动也不能动，说也不能说，天天被人折腾，那可就完全把这身体的控制权交给别人了！最可怕的是脑子还基本清醒的，你说，这，这人能经得起吗？关键是这生不如死的时候，你连死的权利都被剥夺了。你想死，那些孝子贤孙担心被人家说闲话，医生担心被医闹甚至医暴，谁敢让你死啊，必须得拖着啊。然后你就等着吧。你想拔管子，手动不了；想憋死、饿死自己，你屏住呼吸，那呼吸管直接插到你气管里，你闭上嘴，如果嘴上没插管子，那鼻饲管子直接通到胃里呢，饿不死你。这可没辙了吧。所以，大家的一致结论就是，这遗嘱得先写好了，随身带着，万一要到了这种境地，只求速死，本人拒绝一切医疗手段拖延生命。讲完这，那年轻时候的豪迈劲儿上来了，一个个都成了视死如归的好汉。

回到家，老伴接过菜开始抱怨，说我怎么买个菜去了那么久，是不是又跟那帮糟老头子摆龙门阵去了。我能说啥，这一起生活了几十年，我身上的螨虫住哪儿她都知道，还有什么事能瞒得过她的法眼？

老婆子，你想怎么死？

她朝我瞪了一眼，啐了一口，死老头子，咒我死你好娶个年轻的是吧？

别误会呀。我赶紧把刚才开的研讨会情况向老伴详细汇报了一番。

她咯咯咯笑了起来，不错嘛，想得挺周到的，我也赞成，你写遗嘱的时候帮我也写一份啊。说完就忙活去了。

我知道她怎么想的，年轻的时候每次看爱情电影，那女主角得了不治之症死在男主角怀里的时候，她就往我怀里钻，我还能不知道吗？这种死法的确浪漫，但是想要不到医院受罪，第一，这女主角那可得能忍，各种痛啊，难受啊，无力啊。男主角也得够傻，人家脸色都那么差了，瘦了那么多，也看不出来。最主要的是啊，这生什么病还得自己能选，一般就是白血病、肺结核什么的，女主角才能美美地死，你试试得肝癌整个十八铜人。

我这辈子活了半个多世纪了，也算是奇迹了吧。和死神擦

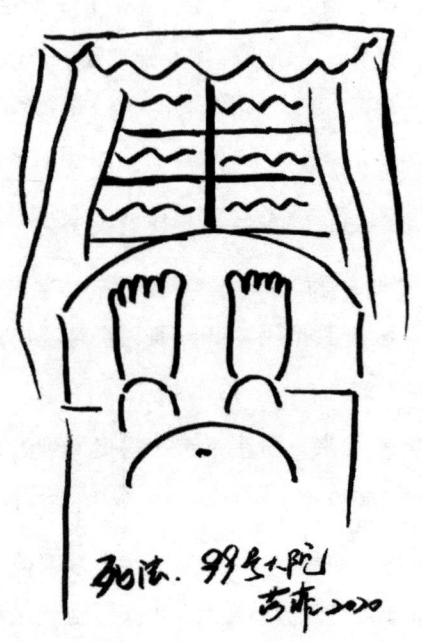

肩而过的次数十个手指头数不过来。第一回，那肯定是出生的时候啊，我是个哪吒胎，我妈生了三天三夜才把我生出来。那时候哪有什么剖腹产手术，都是接生婆用土法子接生的，以现在的医学知识，我没有缺氧变脑瘫或者直接胎死腹中那绝对是奇迹。所以后来只要我学习跟不上或者反应慢一点儿，我妈就觉得是我出生时憋的。

第二回是放牛的时候，春天里那公牛发情了，和二蛋的牛打架，我去劝，想把它们俩拉开，二蛋的牛低头用角直接把我挑到了半空中，好在只是挑破了肚皮，肠子漏出来一截，塞回去之后，妈给我缝了十几针，烧了好几天，居然没死。我妈求神拜佛，跪得都起不来了。

之后，碰上三年自然灾害，吃地衣、蕨菜活了下来。再后来，武斗的时候胆子小，把衣服套在被服卷上，自己逃走了，躲过一劫。上山下乡修地球，吃完南瓜红薯饭，挑一百多斤的担子，从水库上摔下来，肋骨断了好几条，就这样，也没死。改革开放下乡考察，老吉普车失控，直接从半山腰悬崖上飞了下去，冲进了一片玉米地，从此，玉米成了我的救命恩人。

电视里播着新闻，这世界上总有地方在死人，战争，饥荒，洪水，火山爆发，地震，海啸，病毒肆虐……好人、坏人、男人、女人、老人、孩子，该死的，不该死的，都在死去，或早或晚而已。死亡，太正常了。

其实我一直有一个小秘密，老婆子是不知道的。我总是不由自主地想象着人们出各种意外。特工爬飞机的时候，总想着会不会卷进螺旋桨里面打成肉泥；小孩吃冰淇淋的时候，总觉得下一秒就会掉地；看见街上的小年轻穿着那么老紧的牛仔裤，感觉这裤缝随时要崩开啊；每次老王一吃糖，我就等着看他把假牙给粘出来；最搞笑是我媳妇儿，眼睫毛啥时候掉下来让我瞅瞅这原生态的得有多短呢；看着电视里某国总统在露天演讲，就想这时候会不会飞来一只鸟，在他头上拉屎呢？或者，他后面那些所谓智囊团实则酒囊饭袋的，会不会突然放个屁，笑个场呢？或者直接发疯，跑过来抢个话筒呢？按导弹按钮的时候，就那么巧，目的地直接设置在了总统官邸。

不过，这些不过是平时我解闷儿的小伎俩罢了。说到底，因为人只能死一回，我觉得还是得认真对待。等哪天活腻了，我得好好想个结束这生命的方式，按现在流行的说法，就是得有点儿仪式感。

上吊有点老套，死相太难看，听说会大小便失禁，舌头比任何你可以伸出去的长度都要长并且挂在嘴巴外面，口眼歪斜，特别是死的过程虽然短，可是极其痛苦，你想啊，平时不减肥，引体向上俯卧撑什么的早就做不了了，这会儿全副体重都压在脖子上那被绳子勒住的一圈儿，能好过吗？

电视里流行的是吃安眠药死，这个办法对我来说实在太方便了，这是我的处方药，每天一片攒起来绝对可行。只不过，这攒药片期间我怎么睡觉啊，还有，这个剂量不太好控制，吃太多,还没吃完就睡着了。吃太少,药效不够,还得洗胃,那个我知道,一根手指长的管子从你的嘴巴里通过食管插进胃里,想象着,这咽喉有了想要呕吐的感觉。

在农村的时候,不少大姐小媳妇儿寻死都是喝农药,这些劳苦大众、妇女同志,要么就是男人打工去了常年守活寡不说还得照顾一家老小,里里外外都得打理,还得受村霸欺压,要么就是丈夫常年家暴,还要受婆家闲气。农药这种东西,是农村家家常备农用物资,方便取用,喝起来咕嘟咕嘟就下去了,不过最惨的是,万一没有马上死成,这药效一直在,内脏特别是肝脏永久性损伤,又走上长重病的老路了。

撞车害人害己,卧轨现在防护措施越来越先进,实施的可能性太小了。跳桥跳江跳海,呛水太难受,恐怕尸体难找到,到时候老婆子以为我只是失踪,不肯改嫁害了她一辈子。

用自己最喜欢的书把自己闷死,或者哪天书架倒下来把我给砸死;这辈子读了那么多书,写了那么多字,把自己泡在墨水缸里面淹死;钢笔尖戳动脉,甚至尝尝万箭穿心的效果;这辈子仗义执言,得罪不少人,没被唾沫星子淹死算不错了,想着那味儿,那黏腻的触感,我得恶心死;吃鱼卡死,吃蛋糕噎死,吃红烧肉腻死,要死也要做个饱死鬼,最好老婆子给我做个超大的东坡肘子,那我得幸福死;可就千万别洗澡烫死,吹空调冻死,或者刮胡刀不小心割着动脉失血过多死,还有跳楼摔成肉饼子,凡是会吓着老婆子的死法估计都不行;暴风雨天躲树下被雷劈死,闪电电死，或者树直接倒了把我压死；高空坠物很有可能啊，花盆啊，晾衣叉啊，那可是防不胜防；公共厕所如今也干净了不少，臭不死人了；被邻居的狗咬死倒是有可能，得把我绑好了，万一是狂犬病可不能传染给了老婆子……

可是自己就这么死了，确实太自私。既然要死了，不如去干点什么好事。救人吗？人反正都要死的，救了有什么意义呢？这意义还是有的，万一救的孩子他以后长大成了社会栋梁，就算是个普通人，他的后代万一能成为伟大的科学家推动人类社会进步呢？比如说青霉素之父救了丘吉尔就是个例子，这个方案可以。可惜现在没碉堡可炸，也没有枪眼可堵，有的话也不成，我这把老骨头还没到跟前儿就倒下了。去做活体实验者，推动人类社会的进步与发展，别像七三一似的，那些弄死人的实验是出于毁灭人类的动机，绝对不是为了拯救人类。试验疫苗什么的，完全没问题。死了以后器官捐赠，好像自己的一部分还活在别人那，不过我这一把老骨头了，估计也就是眼角膜什么的还能用吧。

唉，好好活着吧，为了那口红烧肉。

拖延症患者手记

确诊为拖延症的时候,我一点儿也不意外,这不是明摆着的事情吗?小时候寒暑假作业从来没有按时交过,工作了没有一个项目能按时完成,当然老板急眼了自己亲自干的除外,结局当然是我被一次又一次地扫地出门。怀疑自己几十年,我也不是没有想过要治治,比如说早起闹钟设置了五个,十分钟响一回;有什么事儿都得告诉全家人,让他们挨个儿提醒我。可是,没用啊,该赖床就赖床,该迟到还是迟到。三十大几了一直没谈恋爱,好不容易相亲处了一个,这不谈了十年了,两个人都四十好几了,还没结婚。不急啊,急什么呢?人生错过的事儿多了去了,不差这一桩。

你们放心，我这位亲爱的呀，没有意见，有意见的话也不会和我一起拖这么久了。你们猜得没错，她也确诊了，要不然怎么说咱们俩是天生一对呢！至于她的症状，好像并没有我这么严重，开始得也比较晚，让我不禁想要追忆一番，是她自己原生的拖延症呢，还是我传染给她的，当然，传染的可能性较大，也不排除她从别的地方传染上或者是她放下所有免疫自愿感染的。思考这个问题的时候，不禁让我想追根溯源，这病要想治，还得找病根儿啊。

第一次拖延是什么时候呢？五年级刚开始学英语的时候？因为第一次读英语被全班嘲笑我这中西合璧的口音，和拼音混淆的读音，再加上左右不分的镜像字母书写，那种排山倒海的挫败感一起压来，压垮了我的小身板和其下的小心心。本来吧，我一向都是讨厌家务的，那段时间特别勤快，洗衣服拖地打开水换煤球，全包！总劝我要多帮忙做点家务的妈妈看不下去了，硬把我从厨房里拽出来说，君子远庖厨，赶紧去学习，再说了，家务都你干了我干什么呀，不知道的还以为你不是我亲生的呢！语文数学作业都做完了，一整个学期的美术作业都画完了，还有什么事儿呢？对了，要不先做劳技作业吧，就是现在小孩说的DIY，什么航模呀，风筝呀，我全在行，干完自己的，我心一横，把女生的针线活都包了，直接晋升为班级的妇女之友。

但是，出来混，迟早都要还的。英语还得学呀，一整个学期的作业都没交，其他成绩再好，无论平均分还是总分不都得

垫底吗？花了一个学期的时间声东击西，暗中观察，旁敲侧击，潜心思考之后，从其他妇女之友学习语言的过程中总结一条，书山无捷径，唯有一字勤。学习语言就是听说读写，没人可以对话就自己跟自己对话，大声朗读。把干家务、DIY的那股劲头全用在学英语上了，期末居然超了班级平均分好几分。不过妈妈又开始叨叨了，天天叫我洗碗，我就拖着不洗，不是说君子远庖厨的吗？她居然就随我，等到晚上我做完作业看着书睡着了，她才叹口气自己把碗给洗了。

这不禁让我想起，拖欠英语作业并不是我第一次爆发拖延症，我第一次犯病应该更早才对。是了，记忆中总是妈妈追着我喂饭的，我吃饱了她还总是要喂我，我只好把饭含在嘴里，每次她要喂我的时候我就假装嚼一嚼，她嘀咕一声，嘴里怎么还有呀，快点咽下去。我抗议，含着饭糊里糊涂地说，我吃饱了！她还继续劝着说，一口，再吃一口。于是我就继续和她周旋啊，这饭从左边腮帮子挪到右边腮帮子，再从右到左，从这就看出来我从小就有游击队员的潜质，四渡赤水，战略转移，最终总是我取得胜利，或许因为她总有很多事要做，或许因为她不想等了，再说，饭也凉了，看不到希望，她便知难而退了，哈。

定目标也就是立flag这种事情对我一直无效，只会让拖延症变本加厉。怎么理解呢？因为原本顺其自然的事，因为定目标，这回才成了拖延症呀。如果不立flag，我做就是做了，没做就是没做，不存在没有完成任务这种事情，怎么能归类到拖延症那一类呢？原来如此，没有目标就没有拖延呀，有的只有行动本身，只有结果本身。

站在一个成年人的角度回想这些往事的时候，我突然有一种顿悟，那就是我这拖延症它不是病啊，如果是病，它应该伤害了我，可是我并没有觉得这病伤害了我，反而是保护了我，它给了我观察认识这个世界的机会，给了我认真思考的冷静期，给了我拒绝强迫行为的应对方法，而且我也一点儿没闲着啊，我在抗争，我在寻找突破口，就像用家务填充我思考英语学习的空当一样，一个新的拖延激发了我处理旧事的动力，所以，事情到底还是解决了嘛，或早或晚，只要没有伤害了谁，我个人无所谓。

亲爱的表现的症状好多了，她就是个长不大的小姑娘，一天到晚天马行空，脑子里不知道想什么呢。今天学插花，明天学茶艺，后天跑步，大后天开始吃素，凡事都是三天新鲜，除了对我。大约是因为和我在一起没什么压力，我从来没要求她要成为一个什么样的人，也从来没有想过我们今后要过什么样的生活，因为，我们都觉得现在这样就很好，就算有变化，那变化的每一个当下，都会很好，这不就够了吗？

专注地喜欢上一件事情，总让我陶醉其中，无论换了多少份工作，我都会坚持做义工，十个人，十户人家，轮流走访，风雨无阻，不需要自律，这是一件主动为之并且无比快乐的事情。王阿婆牙齿掉光了，喜欢吃软烂的食物，所以猪肉要买五花肉，最好绞成肉泥；李叔参加自卫反击战少了一条腿，瞎了一只眼，依旧对生活充满热爱，最喜欢修机械钟表，只要找到有人的钟表要修理，带去给他，他一准儿高兴。黄奶奶尿毒症，一周两次透析，只要她精神好些，我们会时常带她到各处走走，大家心照不宣，只想让她最后的日子不留遗憾……亲爱的总是陪在我身边，用她那些三脚猫功夫逗老人们开心，我就喜欢看她那疯疯傻傻的样子，可爱极了。

  我决定拖着不治我的拖延症了，拖着拖着就死了，人固有一死，这病估计是治不好了，我也不想治好，亲爱的也一样，我们只想在自己的节奏里，度过自己的人生。我之所以打工不顺，估计也是因为坚持自己的节奏的缘故吧。只要是打工，周围的人总是分三六九等，老板大于员工，甲方大于乙方，我既不是老板大大也不是甲方爸爸，作为9527之流还总是守在自己的节奏里确实是不识时务啊。偶尔卖卖自己的手工和字画什么的聊以充饥。哈，我突然想到下一份工作该做什么了，自杀热线、谈判专家，毕竟这种事就得拖着直到救援队冲上去嘛，人尽其才、物尽其用吧，只要能对社会有点用，这病就不治了吧，哈。

半　哥

深夜刷机批阅奏章，乎见小文介绍明末清初《夜航船》著者史学家张岱有云："人无疵，不可与交，以其无真气也；人无癖，不可与交，以其无深情也。"

看到此处，惊觉朋友如我这般多的的确少有，真是因为我又有瑕疵又有癖好，乖乖隆地咚。

自称半哥，没错，以前我叫胖哥，肉月旁去掉，不就是半哥了嘛。这个举动只是为了有个好兆头，表决心。要是减去这身肉肉真像去个偏旁这么简单就好咯。减肥是女人的终身事业，更是男人的社会责任，为了世界更美好，为了减少碳排放和温室效应，多少痴男怨女前赴后继，先吃后减，满腔热血投身其中。但我减肥总是减到一半就遇到瓶颈。这不,瓶颈期已经好几年了,BMI值一直在28上下浮动,和我开始了坚强的拉锯战,表明这身顽固的赘肉明显和我产生了感情。正所谓肉来如山倒,肉去如抽丝,我如何忍饥挨饿到天明,撸铁增肌汗如雨,怎奈这帮损友相约难拒,麻辣烫小龙虾冰镇扎啤下肚,一餐回到解放前,悔不当初泪沾襟。

减肥的半途而废只是我人生的一个缩影。打开我的闺房门,映入眼帘的就是一个梦幻世界。看看墙上那把蒙尘的吉他,还有它的表哥贝斯和小弟尤克里里,那都是我宠幸过的心爱之物啊。忍着疼痛自学曲谱,磕磕巴巴弹出了第一首《小星星》,多么值得欢呼和雀跃,于是又有了一次聚餐的理由,带上宝贝三件套,当众炫技博得众人鼓掌,然后在长发飘飘的校草英语弹唱《斯卡布罗集市》声中默默退场。大家都听得那么入迷,假装没有注意到我的贝斯落地发出的巨响。因此在我手上的茧子还没磨到足够厚可以抵御疼痛的时候,这三位宠臣就被打入了冷宫,高高地挂到了墙上,合着我都白痛了。

再看看冷宫墙旁边的书架吧,一整排的《德川家康》上的玻璃纸反射着光,那么整齐,那么新,实在不忍心拆封啊。不对,明明是拆了第一本就再也没有读下去。接着是一整排的笔记本,高矮胖瘦,豪华简陋一应俱全,从几百元的高级真皮工作笔记本到几元钱的简易装NOTEBOOK,还有各种会议、培训赠送的记录本。怎么说呢,每一本都曾经是我最爱的那一本,每一本都不曾

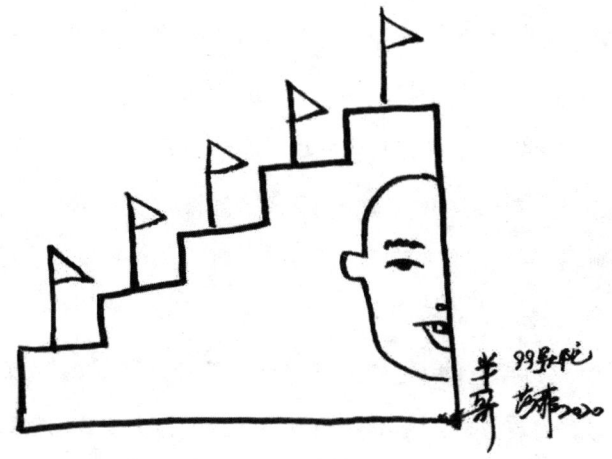

用完，每一本的字迹都是第一张最工整，这是一次新开始的见证啊！万事开头难嘛，可是开头了以后，这本子仿佛装不下我许多的奇思妙想和奇谈怪论，渐渐地开始画满了涂鸦，或是突然被撕去了几页，怕不是写画了我自己也忍无可忍的奇葩心事，又或是出于人道主义精神，搭救了没带笔记本的同窗于水火之中？

书架的顶上是一幅《日出》，确切地说，是临摹莫奈作品《日出》到一半的油画。旁边是粘着无数层早就干掉了颜料的调色板，和水已经蒸干了的洗笔筒，几支笔正龇着无比狂野的刷头冲我诡异地笑。怎么说呢？画画也是要讲心情的对吧，每次等我想画了吧，要么就是上一次画的地方还没干好，要么就是要花好多时间洗笔啊，洗筒子啊，整理桌子呀，酝酿情绪啊，生活嘛，总要有点仪式感是不是？

门后面挂着的呢，是一整个体育俱乐部，你看有篮球足球乒乓球，拳击手套羽毛球，还有跳绳毽子拉力器，轮滑风筝滑板车，无论朋友们想要玩什么运动，我都奉陪到底！不过嘛，如果你想赢，团队赛可千万别让我当主力，单人赛嘛，选我当对手就好了。运动，不也是一种娱乐嘛，何必那么认真呢？搞得跟要进国家队随时准备为国争光似的，我自认没那个能耐，练着累，看着那些发烧友每天折腾自己，代老天爷劳其筋骨苦其心志也累。得，我甘当陪练和后勤，以后你们光宗耀祖了可别忘了军功章有你的一半，也有我的一半啊。

门旁边的书桌嘛，没什么好说的，我在那里写了多少首没有寄出去的情诗,又写了多少篇未完待续的悬疑故事?练了毛笔字、硬笔字、英文花体字,字帖嘛都送人了。旁边那沓厚厚的复习资料,承载着我多少次富于雄心壮志的誓言?CFM、CFA、ACCA搞得我晕头转向,还有IELTS、TOEFL、GPA阻隔着我的梦想。世间不缺我做心理咨询师,人力资源师竞争太激烈,教师职业太累,消防工程师太危险,怎么报名简章里都不写清楚呢?不知道我想考个证的希望有多强烈吗?不知道这些影响因素对报名者坚持学习下去有多重要吗?唉,伤心泪涕一把把,报名费用如流水啊。

终于看到我那张可怜的单人床了。我也想换张双人床,可是这房间的面积不允许啊,再说,对我这个光棍而言也没有必要啊!不用可怜我,我怎么知道为什么我的眼光就那么好,每次看上的姑娘要么有男朋友了,要么就是有一大票追求者,从白云山排到珠江边,我能怎么办呢?身高中等,长相中等,学历中等,收入中等,还是个家里蹲,人家姑娘能看上我啥呀?算了算了,还是一个人先过着,啥时候天上掉下个林妹妹,我就爽歪歪了。

可是有一点必须承认,我虽然总是恒心不足、半途而废,可是我对于重新开始和从新开始的执着从未变过,如果非要在我身上找到什么瘾的话,那不就是宣誓瘾和发誓瘾吗?立目标我最拿手了,在这件事上,我可从来都不含糊的哟。听说最近考研比较热,好,就这么定了,明天开始报班复习吧!这次要是再坚持不下去,我就把名字里的半字也去掉,以后就叫哥了!哈哈哈哈!

花　嫁

　　第一次结婚，没什么经验，这话一说出来，我就笑了。老公表情奇怪地瞥了我一眼。是呀，难道还要结好几次吗，有点儿不吉利。如果知道结婚这么麻烦，我宁愿和他一直做男女朋友了。现在已经既成事实，证已经领了，硬着头皮把戏演全套吧。给自己洗脑的办法就是，这是老天爷在考验我们是不是情比金坚。

　　说起这情比金坚，还有一句话叫作有情饮水饱。可是总感觉两样都不好，第一种是要先有金，情要比黄金坚硬，那可不得有个参照系吗？后一种看上去仿佛是纯讲感情，可放在时下不就是骗婚吗？一穷二白的怎么过日子呢？这是我妈的原话。我总想着我们还年轻，一起奋斗就好了，可是妈妈并不这么认为。房价就是被丈母娘炒起来的，你们就是在卖女儿，价高者得。我的确是这么想的，看到亲爱的为难的样子，心里就难受。没想过以后日子苦，自己会更难受，因为我不怕啊，情比金坚嘛，有情饮水饱嘛。

第一次吵架，就是因为装修，他喜欢现代中式简约风格，我喜欢美式田园风，家具可以换，但是硬装就没办法换了，必须一开始就要决定好。看他一直不答应，我扭头就走了，把他一个人晾在设计公司。他的审美简直了，难道一开始就要过老人家的生活吗？哦，难不成是想把他爸爸妈妈接来一起住，可这是我的家呀！我俩的小家，以后还要生宝宝呢。感觉这就是个坑，万里长征才刚刚吹响了号角。我等在暂时租住的房子里，饭也没有做。他回来了，果然来认错了，我就知道。

装修完房子，我也瘦到了理想状态，可以拍婚纱照了。感觉那些设计师都是老抠门儿的，衣服全部都设计得那么小，那些能伸缩自如的礼服根本就没法看嘛。我也不想穿人家穿过的，总觉得心里头膈应，还是得买，一套白色婚纱，一套粉红色晚礼服，还要有一套龙凤褂。我太喜欢龙凤褂了，就在离院子不远的市中心的婚纱街有卖，这里好有名，全世界的人都来这儿买婚纱呢，不仅有世界各大著名设计师的作品和仿制品，还有纯手工绣的龙凤褂。

第一眼看到龙凤褂我就爱上了，大红缎子上如意型的金色

缎子修出腰身，还保留着明清马面裙的款式，有金银线刺绣，如小五福、中五福、大五福、裙后、裙王；有绣花镶石，用金银线围花再镶玻璃珠或胶闪片，现在已经不时兴了，还有用玻璃珠和胶闪片等砌成的线石图案。从胸部到腰部，左右一龙一凤，裙裙两侧也是如此，用百花做底，取花开富贵，龙凤呈祥之意。九位绣娘要绣三个月才能做完，虽然只穿一次，可我还是跟小姐妹说要买一套做纪念，这是有收藏价值的。小姐妹总是笑话我老土，可是作为汉家姑娘，谁没有个红盖头、大花轿、龙凤裙的新娘梦呢，如今大花轿已经难找了，都用豪车代替，龙凤裙因此更显珍贵了。

置装都是女方的事儿，一群姐妹淘抢着陪我。婚纱我选了抹胸款加超大蓬蓬纱裙摆的款式，显得我引以为傲的腰更细了，胸垫是不能省的，马上让你A罩杯变C罩杯。这一套超级仙女的白色绣花婚纱，再加上一套钻石首饰，是蒂芬妮的，爸爸送给我的，老公的眼神儿就粘在我身上半天不眨眼，没错，就是这个效果了。

粉色晚装是缎面V领，搭配了碧绿的翡翠，是妈妈的，我借来戴一戴，妈妈说她百年以后，这套也是我的了，是姥姥传给她的。我毕恭毕敬地接过来戴上，感觉自己不够妈妈有福气，有些衬不起来。不过配上粉色晚装，很华贵。

终于到龙凤裙出场了，上回表姐结婚，两只手一共戴了六个金手镯，八个金戒指，脖子上还挂了两块金牌，我感觉她都快站不住了。有必要嘛？炫富。等到我自己当新娘，我只要一个如意金牌戴在脖子上，手上一个龙凤镯，和老公戴一对龙凤戒指就好了，还得腾出一只手戴钻戒。啊呀，感觉被周小福赞助了似的。

婚纱照拍完，当天就能取电子相了，发到朋友圈引来无数点赞和祝福，这感觉真好啊。有些人酸不溜秋地说，新娘是谁。还能有谁，真是，都什么眼神儿啊！我知道你们这是妒忌，眼红我呢。呵，要的就是这个效果呢。

婚礼当天，老公的兄弟们开了大奔车队，天知道他们怎么弄来的，平时黑煞的大奔，今天打扮得花枝招展，特别是我坐的那辆，车头被鲜花铺满了，上面坐了一对粉色小猪，我和老公都属猪嘛。头车的天窗上还站着两个摄影师，一个扛着摄像机，一个操控着无人机航拍。

小姐妹们一看车队进场就摆好了阵势，我只能说，红包雨是有效果的，自然得憋着眼泪，不能没眼泪，也不能真哭，象征性地拜谢过我父母，老公就这样把我接走了。老公虽然不喜欢我浓妆艳抹的，但是公公婆婆喜笑颜开，感觉脸上特别有光。好吧，我就是全场焦点女主角。老公还能到处打打招呼，张罗着嘉宾们落座，我只能站在那里迎宾，不仅要一直保持笑容，还得穿着高跟鞋和不同的宾客拍照，两只脚都快要不是我的了。实在受不住，只能偷偷把鞋子脱掉，一双脚藏在裙子里。嘉宾们都落座了，总算等到婚礼要开始了。

婚礼公司实在专业，婚宴一条龙，会场布置和节目日程设计，根据我的服装分了三个阶段，先是白色婚纱和蛋糕组合，没有神父有证婚人，双方父母发言，两位新人发言，礼成。接下来是晚礼服出场，玩了几个故意让我们在人前亲亲抱抱的小游戏，主持人口吐莲花，虽然总是在暗示什么，话里总是特别讲究，喂汤圆，讲相遇故事，引来台下一阵阵哄笑声、起哄声此起彼伏，我默默祈求，赶紧结束吧。终于到了可以穿龙凤褂出场的时候了，给宾客敬酒一圈，然后再敬茶一圈。引入洞房，居然还有一帮兄弟姐妹在那里等着。我佩服他们的精力，还在担心他们会使用什么招数闹洞房呢。是咬苹果呢，还是派烟点烟，不要是背新娘就好。好在大家都是结了婚的人了，看着我们终于修成正果，大家叙叙旧就算放过我们了。

　　这场大戏演完了。明天做什么呢？数红包拆红包，一大堆账单要付呢。我看看，衣服的吊牌都还在，首饰的包装盒也没丢，让我安排一下行程，先去婚纱街退服装，然后去影楼退首饰，顺便把婚纱照取了。也算是完成了一件事吧，真累人啊。

芒 果

芒果，别哭了，我都知道了。你今天找我不是拉我做备胎的吧！哈哈哈，没事没事，我逗你玩的。看，还是笑起来好看。

你是真想问我意见，还只是想找个人倾诉，这个问题你想过吗？人们总是不知道其实他们心里已经有答案了，却还是带着疑问去与人诉说。这个过程看似在讲给别人听，实际上都在一次次问自己，我该怎么办？我这样办对吗？所以不管我说什么，其实你心里都有答案，就是继续这段感情，因为你爱他，哪怕你口口声声骂他渣男，但你知道他并不是，对不对？

你只是委屈了，感觉自己没有得到理解，或者说，他对待你的方式和你心里想的不一样，你没有得到你想要的回应，所以才烦恼，焦虑，不知所措，所以就跑我这来了。

或许还有点小私心，看看我还是不是一如既往地喜欢你，你还是不是一如既往地值得被人爱，是吗？无论我做什么，我都很清楚你不会爱上我的，所以我会像朋友一样陪伴你，像哥哥一样保护你，让你撒娇，让你闹腾，但是，我永远无法取代他在你心目中的位置，这个，你我都心知肚明，对吗？

又噘嘴了，你呀你。每次被我说中你就这副小表情。可惜呀，这可爱的样子属于另外一个不解风情的呆子了。

老辈人说的门当户对当然不一定全对，可是也不无道理。家境相似，那么教育水平相当，消费能力和方式差不多，价值观、意识形态都类似，自然共同语言多，容易沟通。只是偏偏爱情不仅仅是过日子，还需要激情，激情往往来自于禁忌，所以你爸妈越反对你不是就越想要和他在一块儿嘛。我支持你是因为，他对你是真的好，也就他能受得了你的傲娇与小任性，况且他还挺上进的，这点在我看来，至少他有担当和责任心，以后不会让你吃苦，要不然，我怎么能把你让给他呢？傻丫头。

不过，芒果，好在你不像其他一些臭丫头那样，一天到晚就只在女人堆里混着，仿佛得了厌男症似的，一方面不懂男人，一方面厌恶男人，一方面一天到晚地讨论男人，实际上还是心底对异性的懵懂渴望，只是用另一种扭曲了的方式表达出来罢了。

你知道来找我，你知道要爱一个人，光按照自己认为的方式去爱他是不够的，而是要用他喜欢的方式去爱他，从这一点来看，或许你爱他比他爱你更深。至少他并没有因为你的反应不符合他的预设而找朋友去喝闷酒，去胡言乱语吧，哈……怎么，我又说中了吗？你怎么又哭了？

这没有办法。男人的深情往往润物无声，男人害怕被忽视，被瞧不起，不被认同，男孩从小就被教育，哭泣是软弱的，去告状更是为人不齿，求助他人是无能的表现，我们总是应该自己去想办法解决问题，肩负重任保家卫国，成为家庭的支柱，祖国的栋梁，我们要绅士，不能斤斤计较，我们要保护妇孺，更要成为孩子的山，可是，我们累了怎么办？倾诉吗？酗酒吗？跑步健身出汗吗？事情就是事情，情感总是被压抑，不是我们不想像女人这样哭泣、倾诉，是因为我们不能。

你总说不知道他每天在做什么，是不是有别的女人了，为什么你不主动打电话他就不给你打，为什么每次出去吃饭看电影旅行等各种约会都是你在张罗？其实，他在外受的委屈与伤害他得自己扛，在没有告诉你这许多的情况下，你都已经如此焦虑不安，告诉你既无济于事，还要平添你的烦恼。他一个人扛下所有就好了，只希望你开开心心的，这种心情，你现在理解了吗？每次和你在一起，他是不是很开心？他不开心也不说是不是？你对他而言就像个港湾，他可以小憩的温暖的港湾，让他暂时忘记外面的风浪，得以补给爱和身心的给养。

哈，你看，你理解了，就好多了。人总是在重复自己父母的生活，原生家庭的刻印是不可磨灭的，所以伯父伯母的婚姻

相处方式，总会被你嵌套到自己的感情生活里。你爸话多，喜欢喝酒喜欢说，可是你这个倔姑娘，逆反地偏偏被一个性格和你爸完全相反的男人吸引并爱上了他，你能指望把他改变成你爸爸那个样子，像他和你妈妈相处那样和你相处吗？那永远不可能，和我在一起还有点可能。哈，放弃去改变他吧，毕竟你爱上他的时候，他就是这个样子了，改造本身就不太可能，就算真改造，改变完毕以后，他变成另一个样子，你还会爱他吗？再说了，心理学家研究过，一个男性每天一般说2000字就满足交流需要了，女人是要讲够8000字以上才能满足表达和交流需求，明白了这一点，对他的沉默寡言你还有啥奇怪的呢？

　　好啦好啦，回到他身边去吧，你看你今天特意买的鸡蛋芒果，正巧是他最爱吃的呀。勇敢去爱吧，每天都要开心，不要让我后悔把你让给他。傻丫头。

淼 儿

和老郝刚认识的时候,已经知道他是与众不同的了,咱们俩属于互相同情。他娶我,打消了他人的念想,我嫁给他,完全是为了图个清静。三姑六婆成天叨叨,爸爸妈妈成天催促,就差一哭二闹三上吊了,还有单位里那些可笑的人专欺负我们这些无根基无家底无手段的三无人员:老姑娘嫁不出去,好心介绍对象眼睛长在头顶上,这个不行那个不要,有什么了不起,博士毕业又如何,没结婚就是不稳定,没生孩子就是不能提干!性别歧视明目张胆,还让你有口难言,想安安静静做自己都不行,毕竟,能有份工作就不错了。

如今不一样了,发喜帖的时候,看着那一张张以往只有刻薄话的嘴像死鱼一样地张着，看着那一双双总是只见眼白的眼睛像死鱼一样地瞪着，我终于抬高了下巴。被这死鱼烂虾的味儿熏了许久，总算可以从鼻子里出气了。婚礼现场装下了全院的人，太有意思了，礼金自然是不会收的，上报过了，得守纪律，都欠着，以后一点一点儿地交，换着法儿交。

我知道这一切都是因为他是主管单位的主管工程师，虽不是官，可咱们院大小事情好坏都是他一支笔，公公是主管单位一把手，退休两年余热尚存，还有我那厉害婆婆，总被人称为大院一姐的，在这院里就没有她搞不定的事儿。有时候我在想，他之所以会与众不同，和这个强势的婆婆总是有点关系的。

婚后，很快，单位就破格提拔我做了院长助理，算是班子成员了，还报了上级。这事儿轰动一时，原来，不仅我以往参与的设计项目都获了奖，领导大胆提拔年轻干部还成了业界典范，每次上级来考察，我都被安排参加还代表发言。那申请了三年都没评上的职称很顺利地就下来了，本来嘛，所有条件都符合，所有资料都齐备，差了什么呢？原来差了一个这样的老公。

积分购房的时候，明明大家工作年限差不多，和我一起进单位的小瑾只分到了单身公寓，而我分到了个四房两厅，原来积分政策里，已婚和未婚分数相差四十分，职称一级差了二十分，再加上级别、待遇……偶尔在电梯见到小瑾，她一脸的冷若冰霜，是啊，那滋味我懂，无产者无畏，三无人员有什么可失去的呢？她还有什么可怕的呢？再说，她也知道我的性格，不会把她怎么样。我只当这种明目张胆是对我人品的最高褒奖了，微笑一下，毕竟，她知道什么呢，何必计较。

怀孕起我就没上过班，工资奖金福利一分没少，还有这个领导那个主任的排着队来看望，每次都不空手，嘘寒问暖的，实在太客气了，我都不知道原来他们可以对人这么好的。除了第一个来的牛姐，送了大闸蟹，我回了老家的玉米面做礼，其余的我只好挨个儿轮流打发了。把牛姐的大闸蟹回给了陈院长，把陈院长给的果篮给了李主任，把李主任给的燕窝转赠给了胡工，只有那些小衣服、小玩具什么的没舍得回礼回掉，都囤起来留给孩子。

孩子不是他的，他很清楚，但是他很爱这个小丫头，仿佛有了我这个大闺蜜，又有了一个小闺蜜似的，还能看着一个女性从无到有，从小到大生长的全过程，填补了他从小缺失的另一半的自己。

生产的时候他在外面等着，按照我爸妈的话说，淼儿，这辈子你算是找对人了。孩子被护士抱出去后，马上就被爷爷奶奶左右护法一起跟到了育婴室，只有他还站在那儿，一直等到我被推出来，脸上满是泪痕、额上全是汗水，布满血丝的眼睛看着我。淼儿，你辛苦了。

说好了，这是我们四个人的孩子，老吴、老杜都常来看望，院里的人都知道他们和老郝是铁三角，从小就是铁哥们儿。老杜这个人吧，浓眉大眼，虎背熊腰，老实忠厚，最适合给孩子当干爸了,他自己有个儿子,当着人前还说要跟我们对亲家,我知道他是开玩笑的,认了丫头做干女儿,以后和他们家小子就算是兄妹了。能被老院长家看上的女婿,这是多好的一门干亲啊。再说老吴吧,到现在也不结婚,总是找不到合适的,是呀,怎么找得到合适的呢?

　　社会给男人的压力有多巨大,给他们的宽容就有多慷慨。想起我被催婚的那些日子,婚后被催着生育的时光,还有这刚生完丫头,马上就被催着计划二胎的眼下,再看看老吴,钻石王老五,潇洒独行,风流倜傥是本事,玉树临风是本钱,仿佛陈年老酒,刚毕业的妹妹们似乎也是般配的,桃花老酒,春色满园,我除了羡慕还能如何呢?

　　老吴单独给老郝贺喜去了,老杜坐在床边陪着我,我不想说话,只想享受一下阳光照在被子上慢慢烘烤我的身体带来的温暖感觉,只想享受老杜一手抱着熟睡的丫头,一手抓着我的手摩挲着的片刻安全。我失去力气,任由他粗糙的手掌把我苍白的手背都磨红。能怎么样呢,这已经是最好的安排了,不是吗?

　　名字是老杜取的,郝梦曦,大梦初醒见暖阳的样子,好吧好吧,一个名字而已,我没那么在意,我只想让这丫头好好生长,不再有桎梏与藩篱。

"领导"

　　自从当上这个领导,我就感到无比舒适,我天生就适合干领导,那么多年简直就是被埋没了。都说会干事的不如会说话的,会说话的不如会来事的,会来事的不如会做局的,会做局的不如会造势的。时势造英雄,英雄造时势,总以为自己生不逢时,怀才不遇,那是主观能动性不强,主动性不够。在这世界上,我们每个人都有着无限潜力,推波助澜,互相影响,互为因果,周而复始,只要有思想,就会有言行,只要有言行,就会对这世界产生影响,这影响又反射到每个人的身上,形成思想,此起彼伏,无穷尽也。

　　要说我为什么这么自信,说到底,我们这代独生子女政策还没实施彻底,我算是个漏网之鱼。那些个实施彻底的独生子女,小皇帝小公主似的,众星捧月地养大,个个老子天下第一唯我独尊,实际上都是纸老虎,一捏就瘪,泡泡球,一吹就爆。我这从小勤工俭学,吃苦耐劳,兄弟姐妹七八个,父母都记错名字的人,想要吃口饭都得自己挣,要么拼力气,要么拼手段,大杂院里七大姑八大姨,为了争桶泔水都可以处心积虑,这不是最好的课堂是什么?说到底,做领导,那就是要会处理关系,处理关系,实际上就是处理名利。名为虚,利为实,人生在世,无非为了此二字。

做人,最重要的就是会瞅准时机抓住机遇,新领导来了得赶紧跟上,站好队伍,甘心做杆领导的枪,指哪儿打哪儿,甘心做领导的棋子,放哪算哪。尊严?你跟我讲尊严?没有地位要尊严有什么用?当饭吃吗?什么都没有,就剩下尊严了,这样的生活你要吗?我每天跟着领导出生入死,鞍前马后,挡酒垫背的时候,你们这些振振有词的人在做什么?绷着一张尊严脸,一边愤愤不平,一边不还得老老实实把活干了吗?说什么这个不公平那个不道义的,轮到你们坐这个位置,也一样德行。没有我们这些人冲锋陷阵,靠你们那些花拳绣腿就等着喝西北风吧!典型地吃不到葡萄说葡萄酸。还有些人稍微有个风吹草动就造舆论,抱个小团体搞地下组织部,吹风捣鼓推波助澜,唯恐天下不乱,正是什么都决定不了的人,才会妄图靠谣言达到自己掌控局面的目的。有意思,从陈胜吴广开始,这招就屡试不爽,还真有不少群众演员有意无意地配合演出。这些伎俩,在领导眼里不就是最好的试金石吗?是人是鬼是傻子的,一目了然。聪明反被聪明误,浑身解数也枉然啊,嘿嘿。

有人说我是精致的利己主义者,发明这个词儿的人遣词造句太精准了。可不是吗?自小在学校,我就是班主任的左右手,之后成为校长的左右手。像我这种觉悟高、反应快、应变能力强的好孩子,长得一表人才,说话有理有节,小升初、中考、高考全部不用考,一路保送还都是重点。羡慕吗?后面还有呢!保研、交换生、竞选学生会,哪样少得了我?全部收入囊中。为什么能做到?我的父母不过忙时下田闲时摆摊的老百姓,没权没势帮不了我,但是在村霸欺负我们家的时候,在亲友们为了蝇头小利争斗的时候,我就懂得了凡事都要找关键的人,近官得利,谁说得上话,找准了,就成功了一半。另一半,就要成为超级权威,来影响权威了,买买送送,投其所好,溜须拍马,搔痒解难。为此,什么厚黑学,三言二拍,什么官场现形记,沧浪之水,你说这些书是讽刺,是揭露,我说它们是比我亲戚街坊更直接的教科书。岁月流变,有些东西它就没变,就好像基因里的慢性病,治不好也死不了,偶尔还得治一治,不要让病害死了,偶尔也得放一放,不能病没治成人死了。

这些话只能烂在肚子里,跟谁说都没有必要,跟谁说都危险。这人啊,崇拜一个永远不认识的明星可以,无论这明星多有权有势,多漂亮有钱,那都是光环,都是亮点;可是要让他们打心眼里接受——还不是崇拜或赞赏——身边的人升职加薪好事连连,那简直比要了他们的命还难受。远香近臭,胃酸过多直接导致胃穿孔,就是这个道理。这人这方面行,那方面肯定不行,要是样样都行,那要么就是坑蒙拐骗偷来的,要么就是走了狗屎运迟早会倒霉。藏拙比藏优要简单多了,甚至有时候不需要藏,就露在那里,让人家集中打击,转移视线,声东击西,自己继续忙自己的事儿得了。这世上啊,什么都缺,就是不缺闲人。

要说知心朋友,一个也没有,谁也不能相信,人和人之间那都是利益,枕边人尚且是经济责任共担的实质内涵,是攀龙附凤改变命运的绝佳阶梯,还想找非亲非故的人听你的真心话,帮你排忧解难,简直幼稚,痴人说梦!就凭这些猜忌,要想瓦解小同盟太简单了,抓住他们的矛盾点,嘘寒问暖,再改头换面,添油加醋——告诉甲,乙背后怎么弄甲的,这甲马上沉不住气,把乙的黑料全部抖出来——这招百试不爽,没有一个鸡蛋是打不破的,不是从外,就是从内,说到底,就是人心隔肚皮的缘故。我能让人家用这招弄我吗?绝对不可能!所以,怎么可能说真心话与人听呢?那不是傻子吗?

对付竞争对手也简单,越强的人越要把他当假想敌拼命抨击,你的对手越强你就越强嘛。有些领导就爱听这些流言蜚语,好像自己很了解情况似的,要的就是这种掌控感嘛。说的多了,谁经得住天天有人来告状,人们都是看热闹不嫌事大。就这样折腾一下,哪怕我屁本事没有,一样成功引起领导的注意,再让之前收服的那帮傻子帮忙干点儿业绩出来,我不上位谁上位呢,哼!万一业绩搞不好,也简单,随便找几个垫背的,谁敢不背?我手上拿着的他们的黑料,随便一条都比这些事儿要严重得多。万一躲不过,赶紧找老大调动啊,调整啊,交流啊,培训啊,只要离开这个火坑,以后这些个锅就背在下任的肩膀上了,还用担心什么呢?

这灯照着几天不睡觉也不对,我心里那些数字越来越清晰,那些故事越来越真实,脑子里两个声音在打架。我说你们别吵了,让我静一静,我该说我的账本就在大院里那间出租屋里吗?我能说那屋子里的柜子、床垫里全是一直不敢用发了霉的现金吗?我能说字画堆底下就是金条吗?是呀,还有我辛辛苦苦写的性爱日记和攒的照片,那好些个宝贝呢,能说吗?说了就能睡个好觉了,说了就能身轻如燕、心安理得地吃饭了,他们会拿我怎么样?能比我现在疯疯癫癫,焦虑失眠,神情恍惚更糟吗?都说了吧,唉,他们迟早会知道的,还有我来不及拿酸泡,被直接扔进江里的劳力士,整整一箱啊,这是做了多少个项目换来的,早知道全都孝敬可不就好了吗?新领导他不要啊,不但不要,就是他让人查我的呀,是正常人吗?早知道不收就好了,怎么可能不收呢?那不是坏了规矩吗?什么破规矩,可把我害苦了啊,都是谁搞的这些个破事儿啊!

大学里,老师曾经讲过一个实验,一二三四,四只饥肠辘辘的猴子关在一个笼子里,在笼子里的电闸上放上香蕉,只要有猴子拿，就通电，把猴子电得皮开肉绽，试过几次之后，猴子们再也不碰电闸了。拿走一猴老大，放入第五只猴子，这新来的没见过世面，跑去拿香蕉，其他猴子没等他触电，已经半路拦截劝阻，无效之后直接把老五暴打了一顿。几次尝试之后，老五也学乖了，于是打死也不碰香蕉了。接下来依次用老六换了老二，老七换了老三，老八换了老四，每次轮换，那必定是前一个新来的学乖了以后。于是当老八进到笼子里的时候，所有的猴子哪怕并不知道，也没有亲身经历过为什么不能吃香蕉，大家也绝对不去碰香蕉了。这只是条件反射吗？这就是规矩。这就是为什么我们总是会变成自己最讨厌的那一种人。说了吧，说了就好了，我说了，你们都给我好好记。

龙套 Carefree

小齐一直都当自己是"骑呢啡"(Ke Ne Fe),这是个舶来词,英文原本叫Carefree,小角色、跑龙套的意思,广东话"二打六"也是同样的意思,在一场戏里,在舞台上或镜头下,属于"出就出先,死就死先,企就企两边"的那种。企,就是一边站着——人,止,不就是站着吗?小齐很清楚,自己这个没有台词的配角,存在的意义就是衬托主角光环。

说实话,这龙套性格也不是与生俱来,想当初呱呱坠地之时,谁不是哭喊得直穿宇宙,周围一群人手忙脚乱地伺候着呢?这说明,一切龙套都是从主角培养而来,后来发现当不了主角就开始了龙套生涯。毕竟主角只有一个,龙套可是千千万,多个不多,少了却不行的,不然,如何烘托出主角呢?

母亲生养了他,在这个没有父亲的家里,母亲就是他生命最初阶段的唯一女主角。母亲让他感受到了规则的重要性,让他知道哭是没用的,因为书上说每隔四小时吃一次奶,所以不到时间,哪怕他感觉自己要哭晕过去,或是快被自己肿胀的舌头噎死,妈妈绝对不会给他吃一口奶。而后的几年,一切都严格按照育儿书的进度,吃饭定时,喝水定量,说话走路,洗澡便溺……所以,小齐成一朵向阳花,只朝母亲这太阳开,母亲往东,他不会往西,母亲指北,他不会向南。他学会了察言观色,学会了什么时候做什么事,看什么脸色说什么话。看来,小齐最早的主角一直是母亲,从母亲开始,他人生的主角是换了一个又一个。

最近的主角是女朋友欢欢。小齐非常明白欢欢为什么会做自己的女朋友,他经常照照镜子让自己更加明白一点。欢欢本来就是小齐从幼儿园开始就认识的同学,两家人住在这同一个大院儿里面,家里什么事儿互相都知根知底。小齐从来都把欢欢像女王似的供着,小时候帮忙拎书包,长大了帮忙搬箱子,偶尔配合演戏挡挡桃花或是故意气气追欢欢的小开。要说欢欢原本是绝对不可能看上小齐的,像欢欢这样漂亮的女孩儿,从小就没少人追,追得多了,欢欢也骄傲起来,挑剔是必须的,总不能下一个找了还没上一个自己不要的好,好马又不能吃回头草。可越是这么想,这最近几年追她的人反而越来越少,渐渐都消失了。她这才着急起来,父母更是如此,不知怎么的,欢欢一咬牙,觉得找个能对自己百依百顺的人也不错，自己这脾气也没谁受得了了，至少对比已经不鲜艳的花朵，没人愿意再付出足够的耐心，那么，就这个人吧，至少大家家境相当，也算是门当户对。

对于小齐而言，上了幼儿园，一直到大学毕业，老师就是主角，尤其是班主任，接着是女朋友、领导、同事……只要是个人，小齐就要掂量一下高低长短，怎么看，自己都是要低人一头的。老师的话不能不听，不听考不上好学校；领导的指示至高无上，不然饭碗都要丢；同事的意见都中肯，人际关系搞不好，活干得再好也白搭；对女朋友更得百依百顺，不然拜拜了自己得打一辈子光棍。人家能看上你就烧高香了，还有什么不知足的呢？

那天到欢欢家吃饭，欢欢妈拼命给自己夹菜，自己的地位明显提升，他就明白了大半，他看着欢欢噘着嘴，一脸不情不愿的样子也知道，如果自己不开口，欢欢绝不会开口的，那样自己错失了机会，欢欢恐怕也得孤单一辈子了。本着治病救人的目的，小齐心想，既然自己是个龙套，就要有龙套的觉悟，于是他郑重地说出了台词："感谢伯父伯母对我从小一直照顾，对我很好，我和欢欢一起长大，也算是青梅竹马，我心里一直喜欢欢欢，不知道可不可以请伯父伯母同意欢欢做我的女朋友。"

话说出来，小齐觉得自己表现得很不错，这种默契可不是一天两天能培养出来的。就算被拒绝也没有关系，那是小齐长久训练都会遭受的挫折教育。当然，欢欢父母和欢欢在小齐悉心配合之下，顺理成章地完成了这个重要的仪式，那么今后的一切自然也都水到渠成了。

英语里面，这个Carefree明明是无牵无挂、天真无邪、无忧无虑的意思，小齐不明白为什么自己一个龙套演员可以"无牵无挂、天真无邪、无忧无虑"，最近这些日子明明有很多事要牵挂，明明无法无邪也无法天真，更是成天忧心忡忡啊。主要原因还是因为单位里的事儿。

新来的领导的脾气他一点儿也摸不清，好像自己不管干什么都是错，站哪儿都碍事儿，按理，作为一名资深龙套，这样的事情本不该发生在自己的身上了。但是小齐想错了，这个领导显然并不喜欢什么事儿都被百依百顺："你们这些人，没有独立思想，没有创意，没有自己的见解，什么事儿都只知道让领导定，啊？要你们有什么用！"小齐突然明白了，这是一个大BOSS，太轻而易举是无法显示领导的英明神武的，自己的龙套模式也要升级了。于是他花了两天两夜完成了三个策划案。策划评审会上，领导一言不发地听完小齐的报告，同事们也都眼巴巴地望着，这气氛足够肃穆，仿佛萧十一郎重出江湖。突然，领导哈哈大笑起来："这就对了，我看小齐不错，这三个方案都很不错，当然对比之下三号方案更优，但是一二号方案也很不赖，可以留着后面的项目用。今后大家都要向小齐学习，不要每天拍马屁，要拿出真本事！都听明白了吗？"

"听明白了！"整齐洪亮的回答声中，小齐突然有了种前所未有的主角感受。但是聚光灯之下的阴影中，他心里十分清楚，

即便如此,真正的主角绝不是自己。

散会后,同事们礼貌性地夸了夸小齐,更多的是三三两两的议论:

"咱们新领导真好。"

"是呀,和别的领导完全不一样,很有魄力。"

"其实那个方案我也有构思过,早知道领导这么开明,我就抢过来做了。"

"以后可以放开干了,火车跑得快,全靠车头带……"

经过这事儿,小齐总算想明白了,原来只要成了龙套,只要你习惯成为一个龙套,你就可以Carefree了,毕竟一个好的龙套,那一定是在哪里都恰如其分,在哪里都若有似无,既不会夺人风头,也不会抢人好处,多是晴天,少是雨天,随主角喜乐,偶尔配合演出,该哭就哭,该挨打就挨打,该笑就赔着笑,顺溜,太顺溜了。一个融为背景的龙套,还有什么好担心的呢?一切都自然而然,毫不费力,这难道不就是Carefree吗?

小齐轻笑一声,自问,你是谁的主角,又是谁的龙套?

老实人小郁

无论时光如何变迁,只有吉他能把我留在时光里,琴弦的两端紧锁,仿佛截断的时间线,任我双手在这段有限的琴弦上拨弄无限的旋律。

时常,一段旋律在脑海中响起,我会不由自主地想要记下来,弹给她听。她是谁?在哪里?我能知道的只是她定会为我的欢喜悲忧而悲忧欢喜,就像宇宙中两颗光粒子,感应着,连接着,不受注意。一旦被发觉,被观察,这注意力就将切断这连接,从此再无瓜葛。

朋友都叫我老实人小郁,朝九晚五地通勤,不合群,无绯闻。我知道,他们无法理解我,正如我无法像他们那样。这种感觉很奇怪，就是他人在自己眼里仿佛透明人，而自己在他人眼里却仿佛一堵墙，莫不是我把眼睛都长在了这堵墙上？这不科学。还是我太过自信？总之，我只是不想和他们那样浅显地嬉戏，那似乎对我来说太无趣，太浪费时间；或是无谓的争斗，那鸡啄米似的进食，眼神满是惶恐和防备，无时无刻不饥渴，无时无刻不狼狈，却还要挺胸抬头走两步，耀武扬威，故作高贵。

我的墙是我最好的掩体，清高也好，冷漠也罢，温和的微笑是礼貌的拒绝。我没法控制我的思想不从这笑意里溢出来，无暇顾及他们懂或不懂，音符在我眼前飘浮，琴弦的纹理在我的指尖缠绕，我只想记住这些韵律，唱给她听，哪怕一分钟也是好的。

背着吉他漫步，在院子和教室间穿行，杉树已经快要越过屋顶，将会在下一次暴风雨来临前被斩断，而不是被风暴刮断压垮树下的一切。这是预防即将到来的伤害的最好办法，御敌一千自损八百的豪迈，轮回往复，仿佛一段主旋律，不断出现，仿佛我的执拗，反复弹奏的乐章，等待她的降临。

木吉他的温柔仿佛她的身体，曲线玲珑，任我弹奏。我用音乐对她诉说衷肠，只希望能表达百分之一的爱恋。我不会对他人诉说我的小秘密，他们无法懂，还会觉得怪异。在这个世界上，被人认为奇怪是一件很危险的事，哪怕不会把你像巫师一样烧死，至少也会把你关进流言的囚笼游街示众。人人都想与众不同，可是却无法容忍他人的自由独立，任何超出常规都会让自己

的平凡显得苍白无力，画地为牢的可悲而愤怒无处宣泄，唯有强逼一切都循规蹈矩。而我，只能戴上假面，在人海里沉潜。

我不知道我的墙还能管用多久，保护我和她的感应。当我被称作老实人小郁，我的确感到了一丝惶惑——这究竟是对我的放过，还是对我的提醒？能够定性为老实人，似乎已放弃好奇，实是已被注意。

好在我还有音乐，那是纯粹的世界，与谋生无关，与灵性有关。音乐让我不觉得自己是一个为了找寻食物和栖息所的动物，麻木而颓丧，而是与万物相通的灵魂，万物的灵长，真实而灵动。下班到音乐教室教了几个孩子，他们的清澈眼眸让我想起你，可是，终究不是你，如果不是假想你此刻就在这教室里，我不知道自己能否挨得过这漫长的四十五分钟。这无感情的礼貌，无感情的微笑，却要回馈孩子们抑不住的热情，让我有些难堪发窘。哪怕是被父母逼迫来此的孩子，都无法抵御音乐的力量，或许，是因为我把对你的爱恋，放了一勺在这首曲子里。

雨夜里，我的爱是冰冷的；阳光下，又是如此灼热。我被自己吓着了，饮食和睡眠对我来说都是多余，我只想怀抱着吉他，一刻不停地弹奏，因为我知道你也如同我这般留恋这连接的珍贵，面对无时不在的被切断的威胁，因此越发珍惜。无法想象找不到你的那一刻和之后的我，或许，灵魂已死去。或许那时，本就麻木的生活，只是蚕食了剩下的一半灵魂的领地。还好，我还有音乐，逃入无尽的虚空，期盼再次相遇。

我喜欢的和弦,是你垂落的长睫毛;偶尔的停顿,是你浅浅的呼吸;我知道你每天都在听我的音乐,听我拨弄琴弦,就像轻抚你的发丝,引发灵魂的震颤,一点点沁入你小小而温暖的心房。我在弹,你在听。

解闷儿的方法

早上好,欢迎您乘坐幸福专车,很高兴为您服务,是尾号6508的机主吗?去新里程大厦的?有没有您首选的线路,可以告诉我,或者按导航走?好嘞,那咱们就按导航。这个温度可以吗?请您系好安全带,现在出发。

这车还不错吧?您是第一回叫到宝马吗?有时候系统会就近派车的,我也不清楚他们系统是怎么安排的,对。这辆车还行吧,我家还有台两百多万的奔驰,最近没怎么开。真没必要骗您,我做专车司机其实就是出来解解闷,最近不是行情不太好吗?我就把生意都盘出去了,早上起早了没什么事儿,就开车出来。我住哪儿?珠江新城啊!这边大院里有套房子,我偶尔过来看看，那时候为了小孩读书买的，这不有学位吗？后来也没用上，先放着呗。出租多麻烦啊，也租不了几个钱，把家具弄坏了不说，万一有点什么事，很麻烦的！

啊呀，人生嘛，起起落落很正常，说到底还是把家里照顾好了。这做什么事不都是为了生活嘛！不光要生活，还要幸福生活。像我，我老婆一直都全职带小孩的，我不用她上班。一个家嘛，男主外女主内，很正常。男人赚钱养家天经地义。苦？当然苦！但不要跟家里说。哈哈，是的，所以就出来开个专车，作为乘客，您要是不嫌弃我话痨，我就多说一点。这样轻松啊，是吧，大家萍水相逢，同路一程，下车以后，各奔前程。哈哈，还可以吧，我也是读过两年书的，当然和你们这些大学生不能比。有，公司当然有规定不让接单的时候和乘客聊天，但是规定里面有一句："乘客主动的除外，应该礼貌回应，并提醒乘客：正在开车，要注意安全。"我提醒您了，是您一直问我话的，哈哈，好，您爱听我就继续说。

我嘛，一直是做酒店用品的，对咯，就是那些锅碗瓢盆，厨房用的超级大冰箱，餐巾餐布啊这些，刚开始给别人打工，后来认识了我老婆，我们做这一行的很多都是一个地方出来的，我跟我老婆的老家就是隔壁村，离得近。说起来也是缘分，在几万人的老家没认识，跑到几千万人的大城市居然认识了，你说不是缘分是什么？很快就有小孩啦。我呀，三个小孩，老大出息啊，女儿，小学毕业就送她去美国了。舍得啊，怎么不舍得，我小时候没读过什么书,我老婆也没有,我赚了点钱,肯定得让孩子受最好最贵的教育。现在她上高中了,是啊,我把她弟弟,我们家老二也送过去了。她们姐弟俩都很乖的,姐姐照顾弟弟,很好啊。

姐姐一直都是在寄养家庭的,直接找的他们校长家。国内读的小学推荐的啊,国内那个是寄宿学校,从幼儿园到高中的,我觉得挺好的,我们自己教肯定教不了那么好。我女儿很争气,在美国他们校长家寄宿,还兼职做家务,帮他们校长打文件什么的,这些都是算工资的。是啊,又参加很多社团,成绩又好,他们比较看中这些,社会交往能力什么的。你猜我多大,看着年轻,哈哈,我们结婚早。所以啊,我们开销挺大的,有了孩子就自己做了,创业,没读过什么书还能干什么?唉,在这里我们也就行内和上下游的人比较熟,哪有那么好能进什么单位?进单位确实收入不高,但是稳定啊。哈哈,都是一山还望一山高。

现在就留小儿子在身边,等他大一点,过两年也都送出去。外面乱?也看什么地方。媒体的镜头就那么大,就给你看他们想让你看的。当然啦,就是因为那些事情少才有报道价值嘛,如果到处都乱七八糟的,大概就天天报道难得的美好生活了,你说是不是?主要也是为了提醒其他人不要去凑热闹,躲远点儿。我和我女儿儿子每天视频的呀,不信,刚好有红灯,我拿给你看。喏,这我大女儿,这我大儿子,英语特别好,我现在怎么都学不会,是啊。过两年怎么办?我们都在办移民了,等小的长大一些，再过去。现在一年去一两次吧，孩子们也会回来。都是自己飞，要培养独立性。

等下把你送到地方了，我也差不多该回去上班了，虽然实体盘出去了，还有些项目在跟，当然要把费用赚回来，什么时候都有机会，看你怎么做。现在这个时候，当然是现金为王，流量制胜，必须灵活，必须掌握前沿资讯，要看准风向，不然船到桥头不是自然直，过不去又转不了弯，掉不了头才麻烦。啊呀，我就是少读了几年书啊，不然啊，现在不知道是什么样子。哈哈，那是，现在读书多的都在给读书少的打工，但是你要看看，读书少能出头的毕竟是少数，大多数读书少的人在做什么呢？都是最苦最累的活。这个社会的规则就是这样，现在已经好多了，人人平等，只要你勤劳就能有口饭吃，致富那还是得靠头脑的，有时候机遇也很重要。

哎呀，小妹妹，其实我也没什么，只不过比你多活几年，走过的路比你长点，这些事情嘛，你经历过也会懂的。你看前面那个大厦是不是？这一区我没来过，不太熟，是那里对吗？好嘞，等我靠边。您的目的地到了，新里程大厦，请您拿好自己的行李物品，下车请注意安全。记得给个五星好评哦！

脾 气

你好!

你开门啊!

那个,你到了99号大院63栋501了吗?

是啊!就在门口了,快开门啊!真是!

哦,你先别急,我是帮别人叫的外卖,你稍等我一下,我打个电话叫他们开门。

哦,是这样,那你快点!

好的好的……

放暑假,孩子送到了父母家,突然说要吃肯德基的早点,金宝怕爸妈累着，于是点了个外卖给孩子送去。电话打完，金宝惊讶地发现了一件事，自己居然特别耐心，哪怕外卖小哥焦躁如此，也丝毫没有引起她心中半点波澜。是到年纪了啊。

开着车，早高峰的路上就像暑假的海滩，煮饺子似的挤满了车，手握方向盘，油门刹车随意调整，眼观六路，金宝感觉自己像个驰骋江湖的女侠，开着一辆和她名字一样亮闪闪的小金车，在流动的大军里灵活地穿梭前进。

二十年前刚毕业的时候，金宝第一时间报名学了开车，似乎骨子里就是个老司机，娇小的身材驾驭着这尊庞然大物，什么口令、诀窍都不需要，也从没给教练发火的机会，手眼脚协调一致，把这大家伙当成了自己身体的延伸，完美解释了什么叫作人车合一。

到了考试头天，有人来收红包，金宝一分没给，结果第二天路考，同行的考生每个人开了十米就过了，金宝考了斜坡起步、连续弯路上下坡、定点停车……居然都过了！下车的时候，金宝回头，和考官相视一笑，甩甩头，从此路面上多了个女司机。

第一台车是一流发动机三流车架的二手车，金宝看见这台小雅的时候，整辆车灰灰地停在最角落里，金宝只问，多少钱？三万。店家回。金宝轻笑一下，一万八，你不干，我就走。店家跳起来，找到钥匙给了她，当天就开走了。

金宝坐在自己的第一台车里，第一次有了驾驭自己物件的

感觉,仿佛从此人生道路也尽在掌握,所向披靡似的。可是一上路她就懵了。那还是连电子狗都还没普及的时代,哪有如今那么先进的5G网络、志玲姐姐语音导航啊。不但路难找,交规多,开几公里才有调头位的奇葩设计单行线比比皆是,摩托车还没禁干净,区伯刚开始趴在高架上偷拍,就这么着,金宝大声诅咒着超车的、龟速的、不抢黄灯的、抢红灯的、绿灯起步慢的、不打转向灯转向的,各地的问候语都用上了,与喇叭声此起彼伏,形成一人一车的交响曲。

金宝讶异于自己平日斯斯文文乖乖女的形象在这辆小破车里荡然无存,取而代之简直是个水泊梁山的好汉、黄洋界的压寨夫人。恨不得赶紧把车变成飞机,直接升空,把这些爬行类甩得远远的。

可是,骂有什么用呢?按喇叭很快也要处罚了,空调开得再大也熄不了心头火,凉茶喝了一罐罐,脸上的痘痘依旧此消彼长,就连广播里的无厘头广播剧也让人笑不出来,莫名其妙地刺耳,反倒是路上让人倒着读的路面指示让金宝笑喷了。终于,老天安排了个司机,从此金宝有了听众,一人一车的交响成了两人的对口相声。

司机成了老公,对口相声很快成了三人相声,然后成了群口相声,小雅装不下这一家子,换成了大奥。偶尔一个人开车,金宝也学会了任尔东南西北喇叭声,我自稳坐车中慢慢游。广播肥皂剧之后是单田芳的评书,来段欧美榜单金曲,再来吃本土谐星的瓜，等红灯的时候刷刷机，偶尔再回个短信，急什么急呢？赶着去投胎吗？哼，就把自己整成一朵马路霸王花。

想起刚进城投靠亲戚的时候，妈总是数落金宝臭脾气，舅就说，赶紧去学车，在城里啊，只要你开车了，脾气就好了。金宝想想，还真是，只是花了这二十年呢！

这车流也成了晴雨表，开得太顺，金宝总觉得哪里不对，是不是大家都宅在家里不出来了？排长龙的时候，金宝又想是不是大家都生活好了有钱了，一台台地买车，配套设施要加油啊！碰到有人剐蹭了，金宝又在心里说，这怕是有大生意要谈，还是急着送人去医院吧。不过看起来路就这么一条，无论一车道还是五车道，还总有人着急着穿来穿去，争抢先行权。所谓欲速则不达，一不小心就"亲"上了，好呀好呀，只要有一条缝隙，后车过了关前面就是千里沃野，任君驰骋，这鹬蚌相争渔翁得利的好戏天天上演呀。

等红灯的时候，金宝不禁想，这一个红灯没过去，有时候就要等一串红灯，一个红灯过去了，前面一串都是绿灯，人生啊人生，有时候不也是这样吗？没有踏准点儿，错过了，有时候就是一生一世啊。

恰，恰，恰恰恰

滑步，扭胯，展臂，踮步，收腿，摆头，收手……恰，恰，恰恰恰………注意眼神，很好！只要有音乐在，坟前小广场也可成为最佳舞台。每次在这儿聚会跳舞我就想，各位英雄好汉，咱们又来给你们献舞了。

陵园成了公园，里面有小广场，有风雨亭，大树下，墓道边，不仅有我们献舞，还有不少献唱的，有舞刀弄剑耍花枪的，也有些在方格棋盘上运筹帷幄挥斥方遒纪念史上英雄战功的，步道上络绎不绝忽快忽慢都是些为了革命保重身体的慢跑者和散步客，忠骨不寂寞。

别光说这公园，这一带大大小小的陵园多得数不清，单位刚搬来的时候，选址是漫山遍野的乱葬岗子，只要不是有名有姓登记造册的烈士墓，全部推平处理。不都是无神论者吗？还相信那些封建迷信？

跳舞这东西，早年都是封资修，在家想要跳跳都得把门窗关上，窗帘拉得严严实实，如今谁管你呢，只要不怕同手同脚、舞姿清奇被人家笑话，咱这遍地都是舞台，恰，恰，恰恰恰。

我每天早晚都来跳跳舞，提早为退休生活做准备嘛。只是心上还有个事儿放不下，也不知道是第几次写思想汇报了，大约从进单位开始就在写了，组织部的小李成了老李，张部长也退休了，历经王部长、胡部长、吕部长，现在是赵部长了。我自己留底的思想汇报已经塞满整整一抽屉，明年就要退休了，可是组织还没讨论我的事儿，唉。

也许是没希望了，但是我还是想坚持一下，给自己个期限，就退休那天为止吧，也算给自己一个交代。我只是想组织上能够证明，我当年真是清白的，这么多年的工作表现还不足以证明吗？这么多年我何曾出过什么错？安分守己已经是大家对我共同的印象了。我想这些同志跟我无冤无仇，也犯不着害我挤对我，这单位里尔虞我诈的事情多了去了，这么多年大家都知道提干、分房、评职称什么事儿都轮不到我，我这人际关系呀可是不错了。可是那些排挤人、给别人使绊子的，自己不也是久经沙场才练就了这套功夫的吗？有时候不自觉地同情他们啊。老婆嘲笑我，自己的事儿都没搞清楚，还有闲工夫献爱心，真是吃饱了撑

着。可是可恨之人必有可怜之处啊，人是怎么变成这样的呢？怕不是吃了你我都想象不了的苦啊。

刘姐，以前的刘处长就不一样了，这会儿唇红齿白，鹤发童颜，学完伦巴学恰恰，一把年纪了居然还能跳一整支牛仔舞。每次她一出场，音乐一响，仿佛整个公园儿的人都来了，就见她随着节奏，抬腿，踢腿，跳步，神采飞扬，花裙子仿佛成了华丽的晚礼服，七旬老太仿佛变回了一个二十岁的小姑娘。自然，这美丽动人的可人儿不能没有舞伴儿，谁呢？我啊！哈哈。

事情是这样的，那次张部长退休的时候特别跟我谈了，一边肯定了我的执着与忠诚，一边遗憾地说，恐怕很难有希望了。我能说什么呢？感谢了老领导，想到家里那位总是贬损的刻薄话，心中烦闷不想回家，不知怎么就走到公园里了，正巧看到一群人在路灯下的墓前翩翩起舞，本应该怪异却异常和谐。我看到其中一头银丝的一位舞者，舞步轻盈，飘逸如仙，那身影好熟悉，定睛一看，不是刘处长吗？她停下来，和舞伴分开，一脸舒畅地呼了口气，正好看见我，她一眼就认出我了，呼我，小陈！多少年没人这么叫我了，都是老陈老陈的，我瞬间回到了几十年前意气风发的时候。

自那天起，她就拽着我加入了他们。我知道她对我多少有些愧疚的，所以练舞的时候特别照顾我。本来应该反过来，都是男带女，可我刚开始跳的时候是个愣头青，只能她带。刘姐的脚经常被我踩得一瘸一拐，就算是这样，她也没有放弃，总说我身材标准，有力量，节奏感强，身体协调性好，把我夸得要飞上天了。这人就是需要鼓励，这么多年在单位和家里没找着的自尊就这么回来了，每天都期待这一早一晚的聚会。

刘姐原来的舞伴儿老徐成了板凳队员，其实坐冷板凳也就是一阵子的事儿，那阵子他自然是有些失落的咯。不过像他这样的大帅哥可不多，身边很快就被姐姐妹妹簇拥着了，只有我没来的时候，他才会主动请缨和刘姐跳。

人生啊，就像这舞步，拍子没踏中，就跳不和谐，舞伴没默契，就体会不到乐趣，互相体谅互相迁就，因为共同的节奏相扶相持在这舞台旋转，偶尔向前，时而向后，就算拍子一时半会儿没踩中，也不能纠结，赶紧调整，听着音乐从下个小节开始踏准便是了，一直懊恼沮丧，那可真是一步错步步错。曲终人散，各自回家，只有那旋律渗进血管里，在欢沁中依旧跳跃。

还有一年就要退休了，再坚持一年吧。和刘姐的每一个舞步都仿佛离那一天越来越近，又仿佛一直在前进，她如此勇敢，如此美丽，过去的一切在她身上就留下了一头银丝，一切都更加好了。或许正是因为她记住了美好，忘却了我这样的执念吧。被她感染，我把一辈子的坚持缩短到一年为期，到那时，无论如何，放下了，就轻松了，像这舞步，旋转向前，恰，恰，恰恰恰。

海 桐

　　夜凉如水，凉夏坐在月下的阳台上，感受着微醺的轻风梳理着她的秀发如丝。空气中弥漫着草木的甜香，她深深地呼吸着风送到肺里的香甜气息，望着眼前连绵起伏的石米森林中稀稀拉拉依稀亮着的几盏灯，耳畔伴着风声的是无数空调机的低频振动之声，不由得轻笑一番。想那善跑者每日晨跑呼吸的，却有不少是植物们一夜呼吸作用产出的二氧化碳，倒是自己这久未能眠的夜猫子，可以享受这植被一整日光合作用产出的新鲜氧气了。此刻头脑更加清晰，这么凉爽的天气，这一家家一户户却开着空调，呼吸着藏了多少污浊的滤网过滤后的空气，那种空气里丝毫没有了草木的甜香，还顺带着不少浊物，想到此处，凉夏不禁摇摇头，人类总是喜欢作茧自缚。

自己又何尝不是如此呢？受伤之后，总以为筑起一道围墙让自己更安全，谁知却忘记了开一扇门，砌一扇窗。

院子里飘浮着熟悉的香味，她记得他不喜欢这味道，是海桐的味道。凉夏突然想在这月下散散步，这月亮太亮了，让路灯的光也黯然。月下的凉夏，顺着海桐的香味儿寻找着，这是她少女时代记忆里的味道，是让她想起另一个他的味道。

远远地望着一个人，就像此刻的凉夏望着月色一般，那么近又那么远。也是在这样的夜里，透过宿舍的窗棂，曾经的凉夏掀开被角，从上铺的床头看着那个在路灯下读书的少年，无数个夜晚，哪怕是雨天，他也会打着一把不知从哪儿弄来的透明雨伞夜读，直到子时过去。

学校的熄灯铃总是在夜里十点半响起，伴随着宿管阿姨庄严的脚步声，还有她手上那串大钥匙有节奏地为她奏响进行曲，大家默数三下，电闸关闭。当那进行曲也静默下来的时候，偶尔有几道不小心露出来的手电光束照到对面宿舍的窗，于是女生尖叫，男生掐着嗓子学女生尖叫："是谁在偷用手电！再乱照我告老师了啊！"于是几声起哄几声嘘哨，于是进行曲再次响起，又静默下去。大家又都躲进被子里窃笑，压低嗓门儿开始了今夜的"卧谈会"，无主持研讨，话题包括考试、成绩、对未来的幻想、理想生活的憧憬，自然还有某老师今天出的洋相、新发现的校园桃色新闻，还有各种"禁忌"的话题，一切有关于青春、生命、校园、社会,一切现实与想象……兴奋之余,直到一个个"孩子"渐入梦乡,最后一个"孩子"在无限的幻想中进入梦里的异界,鼾声、梦话声,偶尔还有梦中的歌声之后,一切又会在下一个黎明的脸盆牙缸的碰撞声、拖鞋的踢踏声、冲水声的交响中开启。

就是在这样的"卧谈会"里,凉夏注意到那路灯下的少年,或许是只有她的角度能够看到他吧,她会在"卧谈会"时偶尔走神,关心下雨时他会否带伞,今天他怎么晚到了之类的事儿。他总是在到达路灯下的时候拍拍身上的尘土,然后从背包里拿出来一本书,就着路灯读起来,偶尔停下做笔记。显然他是翻墙出来的。在熄灯之后,他又有了比别人多出来的两个多小时的学习时间,其实,哪怕是这两小时外,他也会花更多的时间,在其他人享受着"青春"的五彩斑斓时,默默地学习吧。

凉夏在白天认出了他,一点儿也不难,因为他已经有不少白发,白天的他正在食堂给同学们打菜,还有男生调侃他:"手不要抖好吗?是不是昨晚太辛苦了?"凉夏只是好奇,大家都一样上课,他怎么能那么快就赶到食堂了呢?一直等到用餐的人们渐渐散去,才看到他捧着堆着小山似的餐盘狼吞虎咽的样子。青春期的女生总是矜持地挑肥拣瘦,徒劳地抵抗着少女肥,而男生们仿佛总也吃不够,总是那么饿,吃饭都是论斤。凉夏躲在柱子后面,看着这个大快朵颐的身影,她知道那些奚落他的男生在他眼里就仿佛这些饭菜一样,或许根本就不算生命体吧。

终于看到香味儿的来源了，凉夏不敢相信自己的眼睛，这还是记忆中那犹如一颗颗大绣球似的堆在地上的海桐花吗？鸡爪形的叶子，指甲状一张张小手掌似的，白色的小花点缀其间。而眼前的这些高挑"巨树"，把那些小手掌和小花像一把把大伞举向天空，就快伸到自己家的阳台了。凉夏从来不知道原来海桐也可以长这么高，只有在这没有人修剪它们的大院里野蛮生长，才会如此高耸和茁壮吧。

  凉夏想起今天的遇见，她一眼就在一排招聘官里面认出了他，谁能想到呢？这就是那每日路灯下的时光拉开的差距吧。他已经把曾经的少白头染黑，露出依然聪颖睿智的额头，岁月不曾在他的脸上留下任何痕迹，留下的或许只有名片上那一连串的各种Title。凉夏默默地收回自己想要递上去的简历，转身从人群中挤了出去，就像沿着墙根"挤油渣"的游戏，像个小小的"油渣"，被挤出"油渣群"，回到人海里。然后，她走到转角的楼梯坐下，看着他接过一本本简历，从中拿起一本，像当初在路灯下打开书那样打开了它。凉夏记得，胡海桐，就是他。

放学后

啊呀,卢娜在前面,我得赶紧躲起来。自从在幼儿园第一次见到她,我就好喜欢她。她皮肤好白,像白雪公主,头发好黑好长,扎着马尾辫和红色头绳,真的好像白雪公主。特别是她眉毛黑黑的,长长的,浓浓的,还有她黑葡萄一样的大眼睛,双眼皮,眼睫毛好长好长,鼻子小巧挺拔,嘴唇红红的,好像擦了口红。她喜欢唱歌跳舞,会给我们讲故事,有公开课,老师一定会点她的名让她回答问题。

幼儿园毕业了,没想到我们小学也会在同一个学校,只可惜不是一个班,老李,李默和她一个班。真羡慕李默,好想和他换一个班,可惜不可能。

一年级的时候，我自己画了一张桃心的贺卡送给她，她也回信给我了，上面只是画了一个心，写了我和她的名字——我的名字可不好写。我顿时欣喜若狂。本来好好的，但这事儿居然被王妮知道了，这下糟糕了，王妮可喜欢打小报告了，还喜欢到处乱说，就像学校广播站的大喇叭似的，同学和老师们都知道了。可是，卢娜是班干部，一年级就戴上了三条杠，校史上绝无仅有。只有我一个人最倒霉，老师倒是没说什么，可同学们总是说我们，还唱那首改编版歌："你是风啊我是傻，勾勾搭搭到天涯。"我哭。

从那时起，卢娜就很少对我笑了，几年来，一见面要么不理我，要么总是怼我，开学第一天见到她，她就说我怎么又胖了。上次词语竞赛结束，挤对我说我为什么没名次，大半个班级的同学都上榜了。啊呀，难受啊，我见到她能不躲嘛。

最难受的是，有一次小军告诉我，卢娜喜欢莫卡了。莫卡是校篮球队队长，高我们一个年级，比校长还高，成绩又好。这世界太不公平了，好事都集中到一个人身上了。我深深感到我就是矮矬穷，卢娜就是白富美，莫卡就是高富帅。

穷，我真的穷。爸爸从来不给我钱，妈妈只给我早饭钱，压岁钱都要上交，我能怎么办呢？成绩又不好，不能像温丽丽那样，帮李兵他们写作业赚钱——我的试卷，绝对不会有人想要抄的。没办法了，那天活动课，李兵气势汹汹地走进教室，说有没有人愿意跟他去复仇，高年级的欺负他，谁去就有十块钱。我想买斗兽卡很久了，看到王俊他们举手，我也壮着胆子举手了。跟着李兵和大伙去到男厕所后面，原来李兵约了在这里见面，决斗。没想到来的是莫卡，两个人吵了半天，事情的起因我算听明白了。李兵也是校队的，和一小友谊赛的时候，莫卡觉得李兵技术不够好一直没让他上场，让特意把爸爸妈妈请来的李兵觉得很没面子。他爸爸妈妈找了教练，可是教练不管，说当天场上指挥和人员调配都是队长莫卡负责。这不，李兵不服就来找莫卡麻烦了。

动手了！我犹豫着要不要上前，莫卡比李兵和王俊他们高很多，可是这些人仗着人多，用脚把莫卡绊倒在地，开始拳打脚踢。孟佳，快来帮忙！王俊冲我喊道。莫卡毕竟有两下子，挣扎着站了起来开始反击，搞得李兵他们有些招架不住了。我想起卢娜，这莫卡跟我可是有夺爱之恨。我一时兴起，上去给了他一脚，踢在他小腿肚子上了。他哎哟了一声，捂着腿坐到了地上。我有些慌张，转头却看见卢娜吃惊地捂着嘴转身跑了。

后来的事你们动动脚趾头都知道，李兵他们肯定受处分了，我是从犯，所以当众读了检讨书而已。卢娜从此就再没跟我说过话，每次都是翻个白眼，哼着冷笑一声，那鄙夷的样子，我想我会终身不忘的。

正躲着，一个人用力地拍了一下我的肩膀，书包都掉到地上了。我刚要骂，一看是逸晨，这个大才子，我都没见他做过作业，居然次次考试前三，可把我这种学渣羡慕死了。逸晨居然

是来说八卦的,他说关甜要和人组CP。CP就是配对啦。我的妈呀,这是什么意思啊!难道是暗示让我去吗?怎么可能!让我想想谁平时和关甜关系好,是古怪的迟昊吧。正说着,逸晨突然怪叫一声,脖子一缩,只见他的校服瞬间变成了透明装,湿答答的。王妮兴奋又诡异地举着一个迅速变空的矿泉水瓶,得意地说,叫你贴我纸条。我一看那个被王妮扔在地上的纸,上面写着"王泥巴"几个字,哈哈,是逸晨给王妮起的外号!逸晨难以置信地转过去,王妮扔下矿泉水瓶扭头就跑,看着逸晨追去的背影,作为单身狗的我真羡慕呀。这大概就是妈妈说的,打是亲骂是爱吧。

卢娜早就走过了,我看到她忸忸怩怩地站在篮球场不远处的树荫下面,偷偷看莫卡打球。上次那次打架对莫卡没有任何影响,反而让卢娜这些粉丝更加崇拜和迷恋他了。我就看着卢娜那副痴痴的傻样,她可从来没那么看过我。有这样看过我的大约是楚馨了,就是她幼儿园毕业那天突然说喜欢我,我当然高兴啦,因为她总是给我带糖吃,有时候是旺仔牛奶糖,有的时候是金莎巧克力。不过楚馨的户口不在我们这个区,自然没办法和我们在一个学校了,只有周六周日才可以见到她。有时候她会央求父母准许她到我家玩,我们比较喜欢一起用IPAD玩我的世界。只是她常常玩得太晚才回家,又打死不肯在我家吃饭。我妈妈总是有些不高兴,有一次楚馨刚走妈妈就说,女孩子家家老是跑到男生家里玩得这么晚算什么事儿!唉。

莫卡打完球,拿着块毛巾擦汗,只见卢娜跑过去,手上居然拿着一瓶饮料,是我最喜欢的脉动水蜜桃味儿,天哪。可是,可是莫卡居然拒绝了,推开了卢娜的手,就这么走了。这是什么操作?简直不可思议!天哪,太不公平了。不对,也很公平啊!让他们也尝尝我这单身狗的滋味儿!我突然觉得很轻松,这个是不是就是大人们常说的缘分呢?

发车前

"啊,从最后一排到第一排……"

"感觉好奇妙呀!"

"人生真是……"

"无常啊——哈哈哈哈——"

"哈哈哈哈……"

谁想到这嬉笑怒骂的一对,玉环飞燕似的组合,小梦和小甜,今天才不过刚刚认识。两人年龄相仿,职业相似,都是单位的御用文人,今天是参加市里的研讨会才碰到了一处。

中午小甜推门而入的时候,小梦正斜躺在床上打着呼,这会儿惊醒过来,摆摆手:"嗨,是小甜吗?"

"对，你怎么知道的？！"

"前台接待说的。"

"哦，你先睡，我不吵你，待会儿一起去会场。"

过了一会儿，小梦终于清醒过来，说：

"咱俩今天算包办婚姻，刚认识就同房了，哈哈哈。"

这不，下午的参观活动，两台中巴停在门口，小梦和小甜正在犹豫要去哪一台车好呢，就看见熟人小舒和其他几位男同事结伴而来，小舒对小梦说："人生何处不相逢。"

小梦还没说话，小甜说："对呀对呀。"

小舒他们似乎还在等人。小梦问："你怎么和他也认识呀。"

小甜说："上次研讨会认识的，你看这个是东区派的，这个是西区的……"

副领队李老师指了指前面的中巴，说："你们上这台车，先坐满。"

俩人儿上了前面的车，在最后一排坐下。小甜乐呵呵地轻抚裙摆，调整位置坐好，对着小梦的耳朵嘀咕："我就喜欢坐后边，可以看见所有人，别人却看不见我。"

小梦笑说："都说喜欢写文章的人是偷窥狂……"

旁边小蜜插话笑起来："一不小心暴露了你的爱好了，哈哈。"

小甜满心希望和小舒再聊一会儿，虽然和小梦小蜜聊着天，眼睛却一直盯着窗外的人群，却看见小舒他们坐到后面车上去了。惆怅间，前座的男同事颇享受女同事们的围绕，得意地说："我感觉自己待遇好高……"

一群女同事都笑起来。

副领队李主任上车张望一下，对后排的小梦小甜喊："你们后面那几个都下来，坐到那辆车上去。"

小梦还在犹豫，小甜噌地站起来说："好啊好啊。"

前座的男同事无不幽怨地感叹："我怎么感觉待遇又下降了呢？"大家一阵哄笑。

就这样，两人上了后车，没想到后车上就前座还空着呢，就这样小梦和小甜坐到了第一排，有了开篇那番感慨。

小甜嘟囔着："啊呀，现在坐到最前面，是我最不喜欢的位置了。人家都看得到我，我却看不到人家。"

小梦开玩笑地指了指司机席："你呀，就是缺乏安全感，喏，坐那里，就轮到大家觉得没安全感了。"

"人家可是老司机了好吗？"小甜噘着嘴，仿佛不满地抗议小梦的嘲弄，脸上却笑盈盈的。

"这台车坐满了吗？"一个高亢的男声传来，声音未了，领队马主任的脸出现在车门外，他睁大眼睛，原本铜铃般的大眼睛显得更大了，仔仔细细把车厢内扫视了一遍，不由分说地指挥道："先把前车坐满，你们，你，你，你，都过去前面那台车！"

小甜和小梦对望一眼，扑哧一笑：

"人生真是无常啊……"

周家的饭

　　饭终于做好了,真费劲儿呀,估计做了得有两个小时,两眼灶外加电高压锅、电饭煲同步开工,多点开花,还算不错嘛,看这摆了满满一桌子的菜。凉菜有麻辣木耳、口水鸡、拍黄瓜,还有一碟儿花生米,热菜有黄豆焖猪蹄、红烧带鱼、鱼香茄子、小炒黄牛肉,居中还有个大菜土豆烧牛肉,咱们今天可是大踏步迈进共产主义啦,还有一锅海带筒骨汤,给孩子们补补钙,对,把饭也盛好,五块多一斤的五常大米,啊哟哟,这可以了吧。孩子们!吃饭啦!!春子!小冬!!

　　茉莉,你喊喊他们啊!肯定又在打游戏是不是,这些小兔崽子,老子忙活了这么久,啊?!你们就在那里玩。什么!叫我别动气？孩子难得回来一趟。哼，我看这些小崽子就是缺教育。丢人！单位领导电话都打到家里面来了，迟到早退，上班玩手机，吓！没偷鸡摸狗就算好孩子？李茉莉啊李茉莉，好歹你也是个人民教师，你就这么教育你的孩子吗？自古慈母多败儿！我算看透了，孩子们今天会这样都怨你，都是你给惯的！！今天还算乖，好，都坐好了是吧，这还差不多。来来来，多吃一点儿，自己租房子住，是不是又没好好吃饭？天天吃外卖是吧？迟早你们得被你们自己丢的垃圾给活埋咯。吃呀，怎么不吃呀？嫌爸做的饭菜不好吃？嗯？！地沟油好吃，僵尸肉好吃，给你们撒上一滴香你就上钩啦，是吧！吃出一脸痘，吃出个癌症，吃出个肝炎！哼，我这新鲜的你不吃？！不吃就不吃，老子全部都能吃光，你信不信？！

李茉莉，你又开始了是不是？是不是？！！我没工作？！我那叫下岗知道吗！！！！你看这些奖状，这些证书，你老公原来也是牛人！骨干！！！年年先进！！！我不努力吗？凭什么去找那些人，那王三，什么都不如我，不就是贪了几个臭钱自己当老板了吗？我们那么好的单位，不就是让他们这些垃圾、蛀虫搞垮的嘛！！！叫我去求他，没门儿！让他那个瘪三在我面前吆五喝六的，小心我一锤子要了他的狗命！！什么叫能屈能伸？！啊？！那叫趋炎附势，同流合污！！！我有毛病？我有什么毛病？！是你们病了，是这个社会病了！！！笑贫不笑娼！！厌穷不厌盗！！！

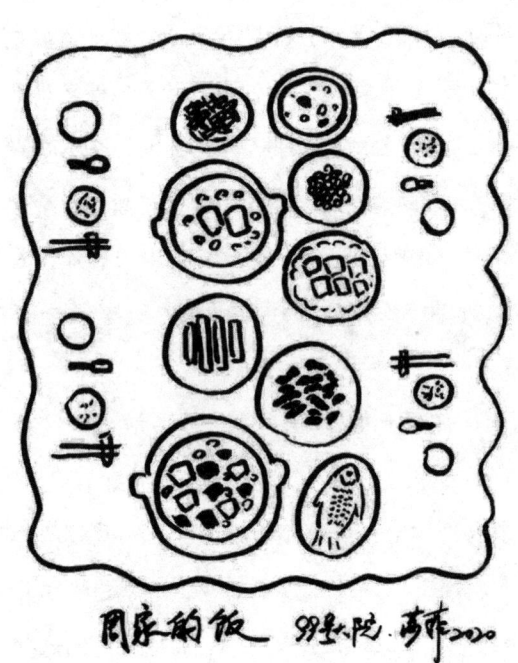

我他妈就想自己有个家，舒舒坦坦的！我他妈受够了！！！小时候三年自然灾害没饭吃，煤油灯底下糊火柴盒，一个晚上赚八分钱，一碟豆腐乳下红薯饭能吃一天！！我容易吗？"文革"没书读，只能当一个焊工，夏战三伏、冬战三九！挣了钱娶了你，有了这个家！可是你们！你们！！！你们这些不争气的东西！全不听我的！！啊？！我愿意下岗吗？现在都用机器人了！我们这手艺人去哪儿？我眼睛花了，手发颤，不当师傅让我再去线上，我干得了吗？我几天几宿睡不着，我苦啊，我太难了我！我在外头吃亏，回家还要看你们的脸色！啊？！你们这些小兔崽子，吃我的用我的，你们每一块皮肉、每一根骨头、每一根汗毛都是我的！！！到头来当我的话是耳边风是吧！！啊？！你嘀嘀咕咕说什么？我是糟老头子？失心疯？！老不死的？！！！你们他妈的都给我滚！滚！！！！你拦我做什么？！李茉莉？！你也不是什么好东西！！！和老张成天眉来眼去的是什么事儿？啊？！说什么帮我找工作，糊弄谁呢！！你看我没工作没钱，要去偷人了是不是？！！我打死你们两个狗男女！！！他妈的！！！！

"叮咚……叮咚……叮咚叮咚叮咚……"
"周师傅，在家吗？周师傅！！！！开一下门！"
"周师傅！李老师！小冬！春子！！……"
"周师傅！我们是居委会的，还有您妻子、孩子学校的同事,他们说好几天没看见您家属了,也联系不上……"

"周师傅!有邻居投诉您家异味很浓,您再不开门,我们要报警了!"

"周师傅,您快开门吧,派出所民警同志要到您家了解情况……"

吵什么吵!老子正吃饭呢!是谁!是谁!!!都给你们打出去!!!

放开我!放开我!!凭什么抓我!凭什么!!!别动我老婆!!!别动我女儿!!!别动我儿子!!!你们给我滚出去!!!滚出去!!!!这是我的家!!!我的家!!!!!!

臭!你们才臭呢!!!你们都臭不可闻!!臭气熏天!!!乌烟瘴气!!!!看人笑话的看客!你们干什么了?!你们活着还不如死了!都是一群行尸走肉!!!大白天的活见鬼啊!!!

疯子?!你们才是疯子!!!杀人犯?!!!!滚!!!他们是我家人,我怎么可能杀了他们呢,你看,他们不都好好地坐在那儿吃饭呢嘛,都是我做的,小冬最喜欢的焖猪蹄、烧带鱼,小春最喜欢的鱼香茄子,茉莉喜欢陪我喝两口,你看,花生米、麻辣木耳……呜呜呜,我的家啊,我的菜啊,我好端端的屋子,都叫你们给毁了,毁了啊……

"正午播报!本市近日发生一起灭门惨案,本市某小区某四楼单位因异味过大被邻居投诉，居委会等单位因与相关人员失联，上门了解情况，未能取得联系遂报警处理，警方破门而入后发现屋主某企业下岗工人周某和3名死者尸体，怀疑周某因精神异常，刺杀妻子、儿子、女儿等3人至死，并与尸体共处一室超过半个月。以下是对该小区居民的采访片段：

"'我前几天还一直看见他进进出出的，买菜啊，倒垃圾啊，现在想想，那时候事情都出（发生）了吧……'

"'我早就觉得这人脑子有问题，平常动不动就和邻居吵架，脾气特别暴躁，前几天还听见他在家里吼呢，啊呀……'

"'她老婆啊，天天哭，平时人可好，唉……'

"'有关部门要管管啊，怎么能让这样的人住在我们这些正常人周围……'

"专家提醒，一旦发现市民有疑似精神病症状的，本人应及时就医，或应由家属、法定监护人及时送医，社会各界组织和机构应及时介入干预，避免类似事件再次发生，同时，呼吁广大市民加强心理保健，注意身心健康。目前此周姓男子已被批捕，此案进一步审理中。该小区房价受此事件影响下降近20个百分点……"

阿　丽

甲：你曾经埋葬过什么吗？埋葬。

乙：埋过一颗豆，后来真发芽了。

甲：那不是埋葬，那是种下希望。

乙：埋过一个藏宝盒，里面都是我喜欢的玩具。

甲：埋哪儿啦？

乙：想知道？才不告诉你！

甲：……

乙：嘿嘿，其实，我自己也忘了。

甲：嗨，那叫埋藏，藏匿。

乙：那我实在想不出来还埋过什么了。

甲：埋葬，埋是方法，葬是目的。烧着葬是火葬，扔海里喂鱼那是海葬，剁碎了喂鸟那叫天葬，种在树底下那叫树葬，挖个坑盖上土那是埋葬了，一般叫土葬，有钱的修个园子围着，再堆个山，建个庙，古时候权贵再弄些个仆从妃子什么的陪葬。

乙：有道理，一人得道鸡犬升天，一人卒薨万人陪葬。

甲：高等生物，individual creatures，都有这么一遭吧，不是葬人之，就是人葬之。就是分子分解组合循环，微粒们聚聚散散罢了。谁记得谁，谁在乎谁。

乙：活人在乎啊。活人，都怕死。

甲：也有不怕的。

乙：那都不是一般人。

甲：对，都是二般人。

乙：哈，你还会造词了。从语法来看，这葬是动词。

甲：小学语文学得不错，可以送顶帽子给你了。

乙：什么意思？

甲：夸你都听不懂，无药可救。

乙：好，那这顶高帽我先戴上。

甲：话说，葬，必是对死物而言的。

乙：死……物？

甲：是的，曾经活过，死了的东西。

乙：东西？人算吗？

甲：人，也算是东西吧。

乙：你，埋葬过人？

甲：没有，我埋葬过我的爱情。

乙：少矫情了，气氛都让你这文艺青年给毁了，我还以为你打算写恐怖故事呢！

甲：写什么？这世界还不够你看的吗？你再怎么写，也不够这世界精彩啊。

乙：也是。

甲：不过，我还真有个故事可以讲给你听。

乙：快讲快讲！

甲：有这样两母女，住在一个大院儿里……

妈妈拿出了一枚银色纽扣，放在了反应台上。

"阿丽，实验就要开始了，注意看了，这枚纽扣会发出巨大的放射性物质。阿丽，怎么不说话，唉，你要是害怕就躲起来吧。"

阿丽确实害怕了，戴好了黑色护目镜，再次检查了一下白色连体防护服已经没有任何缝隙全部密封完毕，就朝实验室的隔离墙后走过去，直接在观察窗的窗台下面缩成一团。

倒计时过后，一阵剧烈的闪光，阿丽赶紧闭上了眼睛，隔着眼皮依然能够感受到光的强烈，以至于眼前是一片鲜红的血色。过了好久阿丽才睁开眼睛，只觉得脸上火辣辣，摘下护目镜，起身时看见窗户的反光里，隔着防护面罩，自己的脸上多了一些淡淡的褐斑。

阿丽有些焦虑地对妈妈说：

"妈妈，我脸上多了些斑，这，这个实验太危险了，不如……"

"这些都是正常的，"妈妈打断了阿丽的迟疑，"看到天上的帽子云了吗？"

阿丽望向窗外，是一朵巨大的帽子云，映衬在瓦蓝的天空下，像个巨大的棉花糖，真好看。

可是云层下面的世界立刻吸引了阿丽的注意力，云层底部正是小区的活动中心，周围的建筑看起来都怪怪的，以地面为轴心，房屋、树木都朝帽子云外侧一边倒去，人们扶着一切可以扶着的东西，或互相搀扶，慢慢地跌跌撞撞地走着，惊恐、疲惫却无能为力。

此时，妈妈又拿出了一颗银纽扣放在了反应台上，坚决地说：

"我们再来发射一枚吧。这次定位必须是那里。"

阿丽知道说什么也没有用，赶紧戴上护目镜缩回原来的位置。

又一阵剧烈的闪光之后，阿丽听到了妈妈的咳嗽声，等到可以睁开眼睛的时候，一朵巨大的蘑菇云在天边升腾起来。回到实验室里，阿丽看见妈妈正虚弱地伏在实验台上喘着气。

"妈妈，"阿丽担忧得心一阵乱跳，声音也颤抖了，

"您,还好吗?我们,是不是都活不成了?我害怕。"

妈妈微笑了一下,从口袋里拿出一个两头密封的小试管,里面是一些五颜六色的小颗粒,浸泡在无色透明的液体里。妈妈仿佛用尽全力似的说:"你拿去,我能给你的就这一支试管了。"

阿丽接过小试管,仔细看了看,悬浮的小颗粒一个个都是两个曲面扣在一起,一个曲面比另一个曲面向外凸出的曲度更高一些,在液体里面浮浮沉沉。

阿丽走到镜子面前,看见自己脸上的褐斑更明显了,有些沮丧。

当阿丽转过头的时候,看见妈妈把好几个小试管倒在一个大玻璃杯里面,放了蜂蜜和水,妈妈对阿丽说:"你也这么喝吧,不然咽不下去。"

她说着仰着头,咕嘟咕嘟地开始喝起来,紧紧地皱着眉头,看得出这东西难以下咽,但是妈妈一饮而尽,一滴不留。

阿丽把试管一端的塞子打开,就这么把液体倒进了嘴里,一股奇怪的苦杏仁味充溢她整个口腔,咽部不自觉地起了反应,她强忍着呕吐感咽了下去,后悔没有听妈妈的话,一个彩色的小颗粒滑进了食道,可是她再也不能吞下更多,一阵剧烈的咳嗽,小试管掉在地上,其他的小颗粒撒了一地,反射出五颜六色的光芒,很好看。

她们静静地等待着死亡,她们早就知道可能的结果,并不想自己和其他人一样慢慢融化，所以选择了毒死自己。

可是事情并不是她们预想的那样。

几天过去了，世界仿佛停止了一样，一直静得瘆人。妈妈油腻腻的头发贴在脸上，她靠在墙上，很虚弱，却并没有死去，是的，这几天粒米未进，滴水未喝，但是，她们还活着。

阿丽终于有了一点儿气力，扶着墙慢慢地挪动到了窗户边，楼下，人们仿佛什么也没有发生似的，生活依旧，只有帽子云和远处的蘑菇云还在空中悬着。

一个红色衬衫、黑裤子、黑皮鞋的年轻人，戴了一张拴着红绳的工作证，应该是看房子的中介，他带着一个陌生人，看上去在单元楼的入口外等了很久了，一直没有人带他们进来。

这个房子有年头了，没想到还那么受欢迎。张叔提着菜走了过来，见他们挡在门口问："你们是要进去看房子吗？"

得到肯定的答复后他又问："从后面进去会更快？"

但是中介并不搭理张叔。张叔气呼呼地开门进院子，不让他们进，然后哐的一声把门关上了。

有人敲门，阿丽从门口的窥镜看去，是姑姑，她怎么来了呢？刚才没见她进楼里呀，是走后门进的吗？怎么手里还提着什么，一个饭盒？

阿丽扶着墙挪到门口，打开门，姑姑大吃一惊，问："怎么是你，你妈妈呢？"

噔噔噔，又有人走上楼梯，就要上来了，阿丽突然感到了一阵恐惧,赶紧用力把门关上,没想到姑姑也突然用力地要把门推开,阿丽用尽全身的力量,终于成功地关上了门。门外没有了声音。

阿丽爬到客厅里,爬上沙发躺下,打开了电视,新闻正在播放悬赏通告,只见通告中说:

"悬赏通告,任何市民都可以参与包裹投递,只要找到99号大院的某丽和她的母亲某红,无论包裹是否投递成功,参与活动的市民都将获得最新款的万能通讯设备。请记住,无论包裹是否送到,只要找到人,即可领奖。……"

包裹里能是什么呢?阿丽能想到的最坏的结果就是……可是妈妈还在昏迷,阿丽还没有恢复力气移动她,想到门外还有姑姑和她身后的人,不能出去!

阿丽把所有的窗帘放了下来,紧张地从窗帘缝里看向外面,周围依然很安静,街道上是悠闲的居民在散步,那歪斜的建筑和树木还是那样,人们已经习惯了似的。随着人们都回家了,街道上空无一人。时间久了,阿丽不禁困倦起来,刚要睡着,瞥见在日暮之中,一个人影出现了,手上捧着一个包裹,接着是第二个人、第三个人……只见一个个送货人从街头巷尾走出来,正向她们的方向聚集。没有时间了,很快,人们就会翻墙,就会砸窗,她们就会被拖出去接受审判。

慌乱之中,阿丽在妈妈的通讯设备里找到了妈妈过去的视频,编辑了一通之后,把视频显示的妈妈所在的场景变成了第二朵蘑菇云，直接在通讯网络上上传，声称在反应区100多公里以外的地方看见了妈妈。

阿丽赶紧走到窗户边观察，很快，窗外的人龙突然停了下来，向阿丽在网络上上传的谎称看见妈妈的方向流去。

街道再次空无一人，门外，姑姑和神秘人也不见了踪影。阿丽找到了最后一点蜂蜜，就着能找到的最后一口水咽了下去，背着妈妈走出了房门。

何去何从，望着远处天空中巨大的蘑菇云，阿丽没有想法。

甲：这个故事怎么样？

乙：这这这，这不是犯罪吗？太荒诞了，隐藏在居民楼里的反人类科学家母女？

甲：可以这么说吧，你语文的确学得好，一句话概括了文章内容。那再进一步一句话概括一下中心思想吧。

乙：我看你……作者之所以写这个故事，总不会是教唆人犯罪吧，一定是正能量的创作动机。我想，应该是奉劝人们要控制科学技术的发展，不要让一个普通人都能掌握毁灭人类的技术……或者是警告人类，敬天爱人，不要自掘坟墓，要谨慎发展科学技术……对吗？

甲：我还能说什么呢？你一定是语文课代表。

朝　圣

周老要来讲学了，门庭若市的校园门口大排长龙，只有我长驱直入地直接把车开到了礼堂外，众目睽睽下带着女儿从后门走进了礼堂。遇事我是最恨走后门的，但今天却破了例，还破得理直气壮，因为周老。

和前夫离婚已经有两年多了，他或许在大漠，或许在海上，我不知道，也不再关心。只有女儿和我相依为命。周老的书支撑着我，是仅有的精神力量，仿佛《圣经》之于基督徒。白天的工作让我疲惫不堪，下班后照顾孩子料理家务，只有等孩子睡了，我才能继续自己的进修学习。待到临睡前，捧着周老的书一遍遍地摩挲着书皮，犹豫着是麻木地睡去，还是哭泣地读着心伤,最后,总是悻悻地放下书本,让疲惫拽我入眠。日子过得太快,我不知道是生活推着我前进,还是我在用忙碌填补他的空白,抑或是让自己无暇顾及心上那个空洞,时常问自己,没有时间思考,便是忘记伤痛的良方了吗?

从爸爸生前给我周老的书开始,我就有了精神导师,在他娓娓道来的话语中,我重新认识了这个世界,关于人生,关于婚姻,关于爱情。闺蜜阿星总说,别委屈了自己,是她给了我两张入场券,把我安排在第五排正中间的最佳位置,原本希望我可以有新的邂逅邀约一同前往,谁知我又只是带了女儿前来。她见状一时无语,摇着头转身走了。

带着对阿星的些许愧疚,我让女儿坐在我身边,像当初父亲把精神导师捧给我那样,如今我也把女儿带到了圣殿前。这是一次朝圣,我坐在那里,战栗而紧张,怀中抱着我得到的第一本周老的书,书页已经泛黄,上面有淡淡的黄斑,往事如烟,记忆浮尘。

他的沉默寡言,我以为是忠诚老实,与书本上的卿卿我我、你侬我侬太不相同了,没有甜言蜜语,没有激情缠绵,可是心里却无比踏实,哪怕每个月他总要出差几天,我都可以理解和包容,总为他解释,勘探总是要四处去的。可是,太安静了,他在或者不在,对话里总是我的声响,甚至于我的幽默也换不来一个微笑。

女儿降生了,婆婆以带男孙为由不再来我们家里,说是要生了男孙才会来帮忙,他只是沉默着,出差更加频繁,以至于错过了生日、结婚纪念日和所有重要的节日,以至于女儿见了他也不太说话,怯生生地躲在我的身后。这个一脸疲惫、胡子拉碴儿、衣着邋遢的半陌生人仿佛住旅店似的在床上一躺便呼呼睡去,往往第二天又不知所踪,只留下一整桶的脏衣服在洗衣机里。

一阵掌声把我从回忆里拽回来,一个穿墨绿色风衣的男人从后台走了出来,似乎年纪不小,却是孩童的步态,一双穿着黑色棉布鞋的小脚漫步向前,有些拘谨的跳跃,有些好奇的乖张,一副眼镜架在鼻梁上,满头乌黑的头发像顶柔软的帽子一样扣在头上,脑门还有几缕刘海儿飘向一侧,待他上台鞠了一躬,径直走到嘉宾席坐下了。我简直不敢相信,这不就是周老吗?和二十年前书上的作者照片一个样!时间之神仿佛忘记了他的存在。第一次见到他,明知道他不可能认识我,只是礼貌地用目光扫过大家时顺带看了我一眼,可依然觉得那阳光般的微笑专为我而展开。

在周老温暖的视线里,思绪回到了他出差的日子,在他手机朋友圈里都是勘探地的风景,雪山草地,戈壁滩涂,偶尔有他的照片,那么英武,灿烂的微笑,黝黑的脸上露出雪白的牙齿。这笑冲着我,那么阳光,那么快乐,却又那么陌生。是的,那不是属于我的微笑,那是透过镜头表达给摄影者的情真意切的爱啊。

"人生总要有些追求的,如果没有精神上的满足,人同动物又有什么区别呢？人类自诞生以来，不断拥有了自我思考和实现的能力，我们要思考的不正是生命的意义吗？我，我们每一个人，之于自身的命运，究竟为什么而存在，这个问题要想明白。爱自己才能更好地爱别人，有了自爱的力量，才可能为人父母，为了儿女而存在，作为爱人，为了另一半而存在，人存在的价值因为有爱而得到体现……"

不知道是哪句魔力的话语打开了我思想的阀门，同时还打开了我的泪闸，一切思绪都随着周老的讲述展开，而当我觉知的时候，脸颊已经被泪水沾湿，连带书上也滴了数滴泪痕。多久没有人对我说过这样的话语，多久没有让自己的思想倾泻？我把心里的那个我锁在牢笼里太久太久了，如今听着周老侃侃而言才惊觉，那伤痕从未治愈，那泪痕从未褪去。

是我提出离婚的，仿佛陷入沼泽之人吐出的最后一口泡泡，只为了最后一点儿希望，能让路过的人看见，伸来树枝搭救。他又一次远行回来后，我把离婚协议书放到他面前。没有哭泣，没有吵闹，只有一句，我知道了。他沉默良久，三天三夜，除了吃喝拉撒睡，只是坐在阳台上一声不吭地抽着烟。我按部就班地上班、下班、照顾着女儿，做着家务。第三天，他只说了一句，我知道了，终于在纸上签了字。一切分割清楚，他申请了最远最长久的外派，而我明白，无论未来如何，至少我可以把头浮出沼泽呼吸了。

追求者的殷勤，仿佛是对沼泽中的我伸过来的一根根搭救的树枝，可在看到女儿的时候，他们又不约而同地缩了回去。我只有抱着女儿，一点一点儿地向岸边挪。这个柔弱的小丫头只有我了，她是我唯一的寄托，也是我唯一的念想，是支撑我继续生活的唯一动力，我的未来计划里只有她，又何曾想过我自己？可是周老却说，不自爱又如何爱人，到底是什么时候开始，我把"我"给弄丢了呢？或许不是弄丢，而是忘却了，那个遍体鳞伤的我，那个在沉默中被一天天一刀刀凌迟的我，因为太痛，而选择被遗忘。

女儿的笑声惊醒了我，我茫然地看着这个喜笑颜开的小丫头，她那像极了他的眼眸此刻正看着邻座的先生，一张纸巾从他那里递过来，清澈的眼睛看着我，这笑冲着我，那么阳光，那么快乐，是陌生的，可又那么熟悉。

散场时，女儿一手拽着我，一手拉着他，就这样站在屋檐下。爸爸给我的书此刻已经托阿星请周老签名，而我们不知不觉地谈了很多很多，有过去，有现在。等到阿星拿出周老签名的书，只见扉页上飘逸地写着：人生有未来。四人相视一笑，仿佛就是永恒了。

理 发

　　过来，把衣服脱掉，穿着片片就好了，等下剪好了直接下水。啊呀，我们宝宝真乖，把头低一下，好的，抬起来，偏这边，对了，很棒。当哥哥的，我说你可以准备了啊，把衣服脱了，就剩个小底裤就可以了，剪完了直接洗澡，对，像你弟弟这样。好了，看我们宝宝剪好了多精神，多好看呢！给我们宝宝洗干净就不痒痒了，穿上蜘蛛侠的衣服好不好，真帅！你在这边玩，别过来，地上有头发，妈妈去给哥哥剪。好，下一位！

　　别动，叫你别动，躲什么躲啊，坚持一下，就好了。啊呀，你这样子我怎么剪啊，你看你弟弟，多乖，一下子就剪好了，怎么你这么大人了还怕什么呢？妈妈都剪过上百个头了，没见过你这样儿的。哎呀，没事没事，剪短一点儿凉快。你呀，这么不喜欢剪头发，不如剪短一点儿吧，可以下个月再理发了，多好，是不是？现在家里不宽裕，咱们都要省着点儿，能自己在家做的事情就不要花钱啦。你看，这做饭在家做，少下馆子，又卫生又好吃，还能随自己心意，咱们这叫继承了艰苦奋斗的优良传统。今天才去了机器人餐厅，腐败？那叫腐败吗？咱们花自己光明正大挣的钱，硬气；带你领略最新科技成果，是见世面；人家那都是大排档的价格，实惠；更是用实际行动感谢英烈们抛头颅洒热血为我们创造的今天的幸福生活呀。再说了，多掌握一项技能多好呀，艺多不压身呀。妈妈在单位给同事剪头发，人家没有一个第二天去专业理发店回炉的，怎么样？这就是技术。你别动啊，别砸我招牌啊！我看你大海阿姨那店够呛，咱们都在家里剪，你和你弟我来剪，你爸我管不了他都回老家的时候顺便剪了，我这留长了头发不剪也不烫，要是咱们院子里全是这样的，这理发店都要没生意了。

刘海儿？男孩子留什么刘海儿呀，再说了，你这头发一根根竖起来像板刷儿似的，还想学佐助，明明是鸣人好吗？啥？就是要这个效果，看起来更高一点儿？！哈，你呀，多喝牛奶，多吃牛肉，也要吃蔬菜水果呀，不然那么多蛋白质也不好吸收，课间去吊单杠，没事多跳绳，晚上早点睡，生长激素都是晚上分泌的。少看书看那么晚，更不能玩游戏啊，特别是那个什么第几人格，你们学校上学期可是有个高年级的着了魔，现在还在精神病

院待着呢！吓你干什么呀，家长会都通报了，妈妈这是在传达你们校长的讲话精神，你应该肃然起敬才是，啊呀，头偏这边，不是偏那边，越躲越剪不好了。

你看你这汗毛重的，发际线都快到肩膀了，以后长大了肯定跟你外公一样是个络腮胡。别动啊，妈看不清了，待会儿留一片杂毛在这里看你怎么见人。啊呀，这耳朵后面还有这么长的杂毛啊，都给你剃了。这人啊，就像这头发，有优点，有缺点，优点呢，要保留，要让他发扬光大，慢慢长长，缺点呢，就得及时剪掉，不然影响形象和美观。啊呀，你哼什么呀，你妈帮你理发你还有什么不乐意的，你上你们班问问去，有几个同学是妈妈亲手给理的？嗯？都不会呀？哦，同学不给家长理呀？那我还要谢谢你，给我面子肯给我理发了是不是？小样儿！

看你小嘴儿噘的，等会儿啊，你别动，我换个隔发器。痒？等等啊，我给你拿纸巾擦一擦，没事儿的，待会儿进浴室拿水一冲就没事儿了，坚持一下，坚持就是胜利。你看看，刚才叫你别动吧，现在都没法补救了。对了，你说你表哥在学校被霸凌，被同学打和勒索零花钱这种事，你们学校有吗？也有啊！那你碰到过没有？有？嗯？低年级的时候？对哦，好像是跟我们说过，是叫你打回去吧？好久之前的事了吧，我都给忘了。那你怎么解决的？真给啊？后来就打回去了啊？也是，干坏事的都不敢告老师。我还记得你们学校专门做了处理这种事儿的讲座呢！是得管管，现在的孩子们面临这么复杂的情况还真是不容易。以后你多和你表哥聊聊，交流一下经验，不要因为这样的事情影响学习。其实那些欺负人的孩子很多都是没有父母关爱，也没有真正的朋友，所以才这样的。

好了好了，不唠叨了。我再换个隔发器，尽量给你弄个渐变，自然点儿。你不是说上次给那谁送了个礼物吗？怎么样？有回音没有啊？不告诉妈呀，害羞？看我儿子多帅，你是不是因为自己长得帅所以不好好学习，觉得反正一大把女孩子喜欢你？啊？最近进步确实不小。怎么？没有啊？没人喜欢你啊？是吗？我才不相信。你自己知道就好，那你就好好努力哦，女孩子自然喜欢成绩好又长得帅，人好又多才多艺的男神咯。要想自己喜欢的人喜欢你，你就要力争上游，成为一个有担当的顶天立地的男子汉，知道吧！

好了，去洗澡吧，赶紧冲干净就不痒了。打湿水给妈妈看看还要不要修剪一下……你跑什么，好了好了，剪什么样就什么样吧，这孩子。

洗好了？这什么表情？什么？晚上要趁我睡着把我的头剃光？那我就戴假发呗，哈哈。你哭什么？你应该笑才对啊，你又不是磕碜自己，你是磕碜别人啊。别照镜子就好了，长几天就好看了，相信我。你看，同学们笑你，你还可以收获很多笑容是不是？多好啊！还生气呢？你看，弟弟这头就剪得比你好多了吧，这理发呀不是理发师一个人的事儿，得讲配合，你对我不信任，老躲，最后还不是自己吃亏？啊呀，别担心，我发个朋友圈提前预警一下，免得明天老师见到太吃惊啊。怎么？担心被小希看见？放心，看见了她也认不出是你的！

短　发

　　我是什么时候把长发剪掉开始留短发的呢？最近的一次大约是看到大兵和那个女的在一起以后。说起来，我这头发大约也长长短短好多回了，什么长度都留过。小时候，我那着迷于《城南旧事》的妈妈给我剪了一个英子头以后，学生时代，我真没什么机会留长发。读的几所学校都校规森严，一开始我都是英子头，像个小锅扣在头上，齐刘海的门脸，露出一双大眼睛。上了中学以后，走在路上总是有人看着我，那眼神让我特别不舒服，没有安全感，特别是有一次在公共汽车上险些被咸猪手，就此干脆把头发剪成了郭富城的经典发型，离远看就像个小男孩。考进大学，应试教育忽然成了素质教育，至少有一年我完全找不到方向。苦闷、彷徨，让我在最叛逆的一次，把头发剪成了杨梅头，像极了当时的王靖雯后来天后专辑里的那个样子。

说起来，短发并不像看起来那么爽利、凉快。唯一的好感觉就是洗头很简单，干得也很快。大热天的时候，蓬松的短发简直就成了一个毛毡帽套在头上，逼得人一天要洗好几次头。时常被人叫成男人婆，讨厌的人也就不计较了，可是在喜欢的人面前被定义为没有丝毫的女人味，实在让人很沮丧。强忍着不照镜子，就这么一个暑假一个寒假过去，脑袋后面多了两个小揪揪，头上夹满了卡子，露出白白的头皮。可是呢，就算留长了头发，对恋情也没有丝毫帮助，爱你就是爱你，不爱你就是不爱你，长发飘飘还是短发秃秃，和爱情没啥关系。

穿上了没怎么穿过的淡黄色长裙，把终于留长的头发披散在肩上，晚自习时偷偷跑到迎宾大厅的大镜子面前，一点儿也认不出了，这真是我吗？我还没有长大，我还是个孩子呢！可是镜子里已经俨然是一个女人了，是可以过妇女节的那种了。妈呀，我又羞又兴奋，一时之间很难接受自己样貌的改变，只希望，那个他也喜欢吧。

事与愿违仿佛是无自信的我的命中注定，当我拿着花了好长时间织好的围巾打算送给他的时候，只见他打着伞和另一个女孩走过。那女孩一头短发，双手亲昵地挽着他的手臂，在无比保守的当时，已经超出了我们能接受的那种亲昵范围。只见阳台上的人越聚越多，大家都窸窸窣窣地小声议论着，还有调

皮的男生吹起了响哨。他抬头骄傲地笑着,而女孩则把短发的头颅埋进了他的臂弯。对我而言,可算是万箭穿心了。一怒之下,回宿舍把那围巾拆了,织了双袜子天天踩在脚底下,这还不过瘾,擦干眼泪,我又把头发剪短了,这次是拿着陈松龄的照片给发型师看的。

初入职场,特别瞧不上那些利用女性特质博取同情收获额外好处的同性,职场之中就应该避免性别差别,这是哪一位职业规划师说的呢?不记得了,但是觉得颇有道理。随着年岁的增长、经验的积累,赫然发现,就算你打扮得再像个男人,也永远无法逃脱对女性的桎梏,结婚生育仿佛跳不过的门槛,养育子女造成的分心是雇主最为担心的障碍,有多少人为了家庭放弃升迁、外派看世界的机会,又有多少人为了工作孑然一身。这鱼和熊掌不可兼得的两难困扰着职场中的姐妹们,还好我顺其自然,大兵就这样出现在我的生活里。

"你不是说认识我以后就不再剪短头发了吗?"大兵下班回来看见我又顶着英子头在家里走来走去了,当然,这个时候的我已经成了《渴望》里的王亚茹,毕竟是要当妈的人了。为了生产坐月子方便,多少女人在产前剪掉了头发,我又不是第一个,有什么好大惊小怪的?老公下一句让我差点噎着:"你那辫子那么长,可以卖不少钱呢!你问理发店要钱了吗?"呵,这可真是个过日子的人。

看得出他还是喜欢我长发的样子,所以生完孩子我就打算留长，只不过，我应该早点看一下肥肥和秋涫的八卦。男人真不应该进产房。古时候的人都迷信，说是有血光之煞，其实是那些有知识的人担心自己的建议不被人理解和重视编出来的理由，目的和科学说明都一样，那就是没有几个男人，特别是不具备医学知识的男人能接受女性生产时的血腥场面。是的，声嘶力竭地呼天抢地，命悬一线的惊天动地，还有鲜血与排泄物齐飞，生死抉择的紧迫，这一切的一切杂糅在一起，哪还有半点浓情蜜意的浪漫可言？毫不夸张地说，产房就是和平时代最具有野性的战场。

可是，我们却犯了错误，忽略了那场面的影响力和我们彼此的承受力。重重询问确认和审批之后，丈夫从满怀爱意和憧憬地举着摄像机进入产房，到惊慌失措地面色惨白颤抖着逃出去，前后不过一分钟时间，但是他看够了，一切都晚了。那一幕就这样镶嵌在了他记忆殿堂的最中央，再也抹不去。儿子出生后，我们再也没有了性生活。

可怜吗？可怜。无论是他还是我，都成了无知的受害者。一开始一切仿佛如常一般，哺乳期的我眼里只有孩子，他和我一样，喂奶、换尿布、给孩子洗澡、逗孩子玩一样不落，可是孩子渐渐大了，从哺育的辛劳中解放出来，我们再也没有了往日的激情。我以为是妊娠纹的关系，又或是发型的关系，不知道花了多少钱美容美体，长发也留了起来，可是，每天我满怀憧憬地期待着他，他却用冷若冰霜一次次婉拒了我。直到有一天，他终于坦白，只要面对我，他总会想起产房的那一幕，仿佛被精神阉割了一般,丧失了一切雄性该有的冲动。我欲哭无泪,怪谁呢?只能怪自己吧。

女人的第六感是敏锐的,从气味开始,大兵身上变化的蛛丝马迹都被我女性的神经一一捕捉。带着手机进浴室,从不上锁的手机有了密码锁,接着是指纹锁,身上若隐若现的陌生香味,不接电话后刻意的视频回拨,穿衣风格也越来越讲究,再也不用我催促刮胡子。是啊,我自我安慰这是我改造后养成的好习惯,却觉得这更像是他自动自发的觉醒,他的雄性气质觉醒了,而造成这一切的原因显然不是我,而是另一个雌性。

工作忙、带孩子,我还报了个考证班让自己忙碌得脚不沾地,我不想去想,不想去知道,不想再猜测,这只是一种无谓的自我折磨,只会让现在水晶球般梦幻的生活被打破。可是,命运仿佛故意作弄,大兵宣称的周末出差日,孩子和我路过哈根达斯,这个小东西对甜食的热爱已经到了狂热的地步,自然是寸步不移。拉锯战正酣,孩子惊喜地指着店堂深处的角落喊:"爸爸!妈妈,那是爸爸!"正要跑过去,我拦住他,只朝那方向扫了一眼,便马上付款买了一盒外带,递到儿子手上:"那不是爸爸,给,吃吧。"有了冰淇淋的孩子忘记了周围的一切。而我,庆幸自己戴着遮阳眼镜,得以不露声色地走出那甜蜜又冰冷的店堂。

那及腰长发的背影对面,是丈夫陶醉在喂食中的脸,让我一度产生了恶心的感觉。我憎恨他的一切,和那女人,哪怕不知道她是谁，我不要再有一丝一毫和他臆想的形象的瓜葛。安顿好儿子，我再次剪去了长发，这发型没有参照，就是我自己的专属模样，我又穿起了长裤，终于开始按照自己的想法做自己。

这次剪发，大兵看到之后没有说什么。只是在这之后更仔细地检查完衣服才会丢进洗衣机，这份小心翼翼还能维持多久呢？当那一天真正到来，我能选择视而不见吗？我不知道。我能知道的是，就像头发不断长出来一样，日子也是日日新，剪掉头发还会再长，日子也一样。

荔 枝

该怎么开口呢？望着栀子忙碌的身影，我的喉咙就像失掉了一般，发不出声音。半年没见了，她的头发又长了许多，胡乱地堆在头顶，她也不理，我想提醒她头发要掉进锅里了，但是每次发梢都惊险地躲过了下油锅的命运。她熟练地颠勺，T恤在胳肢窝下开线露出一线天。她结实了，手臂上的肌肉线条若隐若现，也清瘦了不少，记得这件衣服就是在她丰润的那段时间绷坏的，到现在变得松松垮垮飘在她身上她也没有缝补。两个儿子倒是穿得整整齐齐，连每天穿的球鞋都像新的一样雪白，那是上次我从外面带回来的。

孩子们吃了太多我带回来的零食，这时候就坐在饭桌前玩着星球大战,自然也是我带回来的原装正版模型,哥哥拿着天行者,弟弟分到的是尤达大师,弟弟嫌弃尤达大师不够帅,吵着要换,栀子瞥了一眼大儿子,当哥哥的收到指示,极不情愿地换了给弟弟,条件是只能玩五分钟,弟弟答应了。我和栀子默默地吃着饭,谁也没有理这小哥俩。过了一会儿,弟弟又吵着要喝酸奶,她似乎要忍不住发作,斩钉截铁地说,不行!弟弟瘪了瘪嘴,委屈极了,最终还是忍下没有哭出来,又扭头拜托哥哥。哥哥看了看栀子的脸色,劝着弟弟说,吃完饭再喝好不好,和哥哥比赛,看谁吃得快!弟弟果然听话,乖乖吃起来。我有些欣慰。哥哥又对着栀子说,妈妈你发现了吗?弟弟现在找我没用就找你,找你没用就又来找我了。她轻哼了一声,是啊,父亲长期缺位,只能以兄代父,可是孩子啊,你要以谁代父呢?大儿子看看我,没吱声,低头扒起饭来。

闷头吃完饭,最热闹的依旧是两个孩子,比武打斗不亦乐乎。栀子洗完碗,来到阳台,这里一片狼藉。这是我们结婚时买的房,孩子们的学校离这儿比较远,为了上学方便,便在学校旁边租住,这个屋子也都好久没回了。这不,前阵子台风天,花盆都给风刮到了地上,碎渣、泥土和因久未照料而干枯的枝丫散落一地。她冲着俩孩子喊道,你们两个都过来帮忙,打打闹闹的,啥事儿也不干,要做米虫吗?孩子们赶紧收敛了笑容走过来帮忙,一个拿来扫帚,一个拿来簸箕。她又审问似的说,看到这片狼藉,你们有何感想?老大犹豫了一下,说,要讲卫生,东西不能乱丢。她转头问小的，你呢？小儿子挠挠头说，打风天要关窗。她边干活边说，这说明了植物和房子都是需要照料的，没人照管就会破烂不堪，人心也和养花养宠物一样，你不管啊，这心就死了。我知道她是讲给我听，便默默地拿了黑色垃圾袋，把他们扫漏的土捧进袋子里，又接了水管，开始冲地。

桌上放着两颗荔枝，皮壳已经有些干瘪，放了些天了。我已经一年没有吃过荔枝，拿起一颗用指甲掐开，干枯的表皮下，竟然还是鲜嫩多汁的果肉，一口咬下去，芳香四溢，果核只有红豆那么大，是桂味了。正要再吃一颗，她捧着洗衣筐和我说了第一句话，这玩意儿上火，少吃点。我接过话头说，我去喝点盐水吧，或者蘸盐吃。她冷笑着说，那是什么味儿，还是荔枝吗？我不言语，把第二颗荔枝放了回去。

天已经全黑了。说吗？肯定要说的。而且得赶紧说，不然入夜我该如何自处，公粮是万万不能交了，不然，不然就，就对不起莉莉了，我，我总不能两个都辜负，对不起了，栀子。

最初在异国他乡留学，一切都那么新鲜，日子过得又那么充实。时间是充裕的，因为没有了家事，工作，可以心无旁骛地搞科研。时间也是紧张的，毕竟公派的时间有限，延期的手续繁杂，较难获批，坚持按计划完成是每个留学生的梦想。工作多年能被研究所推荐得到这次公派的机会，实在是一生中最大的幸运了。妻，栀子，放弃了提干的机会，坚持让我去完成研究，而她，独自带着孩子为我守好大后方。我欠她的。当初要结婚时，她娘家人都反对,她妈妈尤其不高兴,嫌我是个穷教书的,除了工作稳定有套房外一无是处,特别是父母早逝,今后家里没人管。她家里兄弟姐妹多,父母也不可能照顾她了,更不要提帮我们带孩子。但是她都不在意,坚持和我领了证。我知道,这两年来,她很苦。除了偶尔视频,我半年才回来一次,每次也就是待十天半个月就要返校,除了助学金和差旅之外,再没有多余的钱可以接她和孩子们出去看看。

在外读书的苦,除了语言难关之外,文化差异和科研的孤独寂寞冷多重压力压垮了我。我承认,我并没有我想的那么坚强,也没有她认为的那么坚贞。她以为我的冷淡和木讷,只是我的职业性格使然,只有我知道,我不是。

当莉莉第一次出现在我的视线里,我就沦陷了。多么美好的女孩啊,富于弹性的青春胴体,飘逸丰盈的乌黑秀发,甜美的圆圆脸,灵秀的大眼睛,浓密的眉毛和刷子一样的眼睫毛,两翼微张的鼻子,丰满的红唇,让人疯狂,疯狂地想要将这尤物据为己有。不仅样貌出众,莉莉本就是名校教授家的独女,自幼琴棋书画样样精通,知书达礼,外语尤其好,通晓几国语言,是导师特别为我安排的助理,成为我科研的重大助力。

事情就这么自然而然地发生了。在异国他乡,我们相拥取暖,每天仿佛都有说不完的话,一起做课题,一起参加教授组织的party,一起逛博物馆去旅行。她对我的钟情绝对不亚于我之于她,在我怀里,她娇嗔地诉说衷肠,她爱我智慧的大脑,爱我成熟稳重的气质，爱我清瘦高挑的书生气，纤长的手指和挺直的鼻梁。教授和同事们已然视我们为天生一对，一同留校已经是板上钉钉。面对现实，她诚恳而且显露出难得的懂事，她说她知道我有妻儿，可她不在乎，她不需要我负责，我只是犯了全天下男人都会犯的错误。可是，我怎么可能不负责呢？我是她第一个男人，我们彼此相爱，而栀子，她对于我，就像是亲姐姐一般值得敬重，可是，那已经不再是爱情了，那是亲情。一个人要找到灵魂伴侣是多么难的一件事，可遇而不可求，遇上了，我就绝不放手。这更不是全天下男人都会犯的错误，这怎么能是错误呢？爱情永远不会错。

但是栀子和孩子们怎么办？钱，我可以给，让他们下半辈子都衣食无忧。可是，这样的相处，我是万万不能再忍受，眼前这个女人，就像我的母亲，我的姐姐，对我照顾入微，却总是冷嘲热讽，说话粗鲁放肆，哪还有温情和情趣可言？那种对粒米恩斗米仇这一俗语的顿悟之感涌上心头，当夫妻之间仿佛欠债者与债主之间的关系，就让我感到窒息，这恩，这债，我怕是一辈子也还不清了。我对她的好，到底是爱，还是报恩，或是还债呢？如何分得清？但，绝对不是爱情。

孩子们对我的冷淡，我也无能为力，我在他们成长过程中的缺失，在我们的文化环境下太普遍了，比起那些留守儿童，他们已经很幸运了。如果一定要把这认定为缺陷，那这就是我为人类生存发展奉献智慧的代价，我的科研成果就是我的孩子，何况,莉莉的肚子里,也种下了新的生命。只要我在那边好,栀子和孩子们也会好的。既然已经没有感情,何必拖着彼此,互相成全对方的自由,不好吗?

明天去摘荔枝,你去吗?栀子一边收拾衣服一边说。孩子们在另外的屋子,这话自然是对我说了。我说,好的,带点什么好呢?她头也不抬,带一套衣服就行了。好的,你帮我收拾吧。要不,我再带一袋盐?她不作声,拿了两件我的衣服塞进了包里。她随手又拿了两包苏菲,一包日用的,一包夜用的,我突然松了口气,要不,等明天摘完荔枝再摊牌吧。

织　补

　　交完豆丁幼儿园的伙食费，凌霜卡里的余额正好还剩下两百五十元了。她不禁自嘲，真是个二百五，都忘了还有豆丁的伙食费没交了吗？看着脚上的新布鞋，真想到丽珍姐的店里退了去，可是，抬脚看看鞋底，早就穿脏了，这还怎么退呀。算算还有一星期就该发工资了，这二百五能熬到那天吧，如果不坐公交车上下班、这几天不买肉的话，应该行。不吃肉的话，豆丁应该是没问题的，他喜欢蛋用各种方法烹饪，煎炒炖煮都行，还有各种豆腐、豆干、千张、腐竹……这样，营养也够了。老丁那边却是过不了关，每餐的肉都是他吃了，不买肉也行，得用海鲜替代，大肉蟹他一餐可以吃四五个，还觉得不过瘾，不过，海鲜更贵啊！

凌霜甩甩头，仿佛这样就可以把烦恼都甩掉似的。中午时分，老丁在城市的另一头上班，中午不回来，豆丁在幼儿园吃午饭午睡，家里就她一个人。把隔夜的剩饭炒了点儿葱花、酱油就着吃了，也算一餐。她到阳台把衣服收了，准备把刚洗好的晾出去，一看自己最爱的水沐莲清的棉布连衣裙，不知怎么就拉了个口子，不能再穿了。

这裙子是她对自己的小小奖励，那日揣着参加征文比赛获奖的两百元奖金，恰逢大减价的时候买的，全棉，穿在身上像个袍子罩着凌霜高瘦的身子，总让她觉得自己像极了书中人。她知道老丁是看不上她这些奖的，每次她就像一个忐忑的女学生举着奖状等着被丁老师表扬的时候，得到的总是老丁从鼻毛丛中挤出的一点儿轻哼。次数多了，她也学乖了，再也不会郑重其事地跟老丁说这些了，只是不露声色地在晚上加个菜，或者自己中午去"下馆子"，吃碗鲜肉云吞配双皮奶。买这条裙子的奖金，可是一等奖的奖金，钱花完就没了，至少还有这条裙子，但这裙子不知怎么就豁口了。

凌霜当然不会让这"一等奖"裙子就这么退出历史的舞台，她还需要这条裙子在自己低落的时候让自己重燃信心，在自己获胜的时候陪自己"弹冠相庆"，她还需要在睡不着的夜里请这温柔亲肤的纯棉布助眠，让自己像婴孩一样，哪怕是瞬间，也像有人温柔拥抱一样安宁。

剪子准备好了，接下来是针线盒，五色线团整齐地排列，常用的那根针插在白色线团上。凌霜拿起裙子的裂口看了看，还好，布没有少，只要沿着裂口缝合就行了。她熟练地穿针引线，食指和拇指搓揉一下端头打好结，将两片布捏起对齐，平针脚一针一线依次缝过去，不一会儿就缝好了。翻过正面一看，严丝合缝看不出来，再翻过反面一看就像缝纫机缝过的样子，针脚细密齐整。

凌霜很满意自己的手艺，干脆把刚补好的裙子换上。想起自己上高小的时候，看见娘缝衣服，自己也闹着要学，十字绣、中国绣的针法都学了不少，这会儿派上用场了。她又想起婆婆在世的时候连老丁的袜子都要补了再补，那时心里还有些笑话婆婆抠门，如今想来，今天的自己也不正是做着一样的事儿吗？

想到这儿，凌霜又到柜子里把掉扣子的、破洞的衣服裤子都拿出来补了一番，把豆丁没绣名字的衣服都绣上了名字，前前后后一个小时过去了。

起身上班前，凌霜看看自己一中午的战果，听说市场门口的织补匠补件衣服一处要十五元，钉扣子都要五元一颗，算算这一个中午也省了一两百元了，终于不是二百五了。

墨·砗磲

我知道,我已经死得透透的了。估计整栋楼都能闻到那难闻的味道。放在以前,我一定会觉得羞愧难当,可如今却如此淡然,这只不过是我的躯体发出的最后信号罢了。

墙上还挂着我的字画,博古架上还放着我收集的砗磲。那么多年的收藏,曾经的心头好现在变得毫无意义。只是突然间明白了,想要在这世上寻找至白至坚的砗磲不易,研磨至黑至纯的书墨不难。滴水入墨,消失无踪;滴墨入水,满盆皆污。为了洗净身上一点儿墨渍,怕不是要用掉一缸水,这水却也再难洁净了。

墨如点漆,砗磲似雪,黑和白本来是天然的属性,都是人为的划分才让它们有了感情色彩。好坏、是非,无非是对某些特定的人事物而言，没有了对比与参照，又何来这些标签？换了双眼睛看这个世界，可能就会不同，可世界变了吗？没有，变的是眼。鱼虾眼，昆虫眼，鸟雀眼，猪眼牛眼狗眼，人眼，鬼眼。

选择死亡我一点儿不后悔，早知道死了这么轻快，真不该活那么久啊。

在死之前，我已经很久很久没合眼了，有多久呢？数不清楚。窗帘的缝隙漏进来屋外的光线，一束束，直得仿佛永远不可能存在的人生，只有无数灰尘闪着光在光束里飞舞。我数着这光束里的灰尘，看着它们一点点地飞升降落，隔得再远，只我浅浅的一呼一吸之间，它们的行动在延迟两秒之后也随之一摇一晃起来，原来我呼吸的风速这样慢啊。我看着这光束一丝丝漫过我的床帷，爬过我的身体，从东向西，从长到短而又长，就在我终于有睡意之时消失，然后迎来冗长的暗夜。夜的黑让我更加清醒，所有感官都愈加敏锐，微风仿佛狂躁的撕扯，老鼠的脚步像撼天动地的惊雷，无法动弹的自己，又如何能捂住耳朵，将这些异响阻绝在耳际？

这光束来来回回之间，只觉得床板太硬，逐渐让脊背麻木起来，和它融为一体，慢慢的，这感觉继续延伸，仿佛和这房子融为一体，这副躯壳延伸着自己的领域，似要寻找一线生机，耗尽最后的力气也只是徒劳。

如今我只有轻快的自在，只是好奇这曾经的皮囊将会如何一点一点地腐坏衰败，最后化作微粒再次进入轮回之中，随着空气在人们一呼一吸间悠游，落到地上长进菜里，融进水里。

对很多人来说，我早就不存在了，养育我的和我养育的，帮助我和我帮助的，有意无意害我的和我害的，死的死，散的散。回忆起每每遇到挫败，我总不服输地说，看谁笑到最后，如今那些人都已作古，我又笑给谁看呢？原来这贪嗔痴念之下，多活一天即是多受一天罪，简直是自寻烦恼，自讨苦吃啊。

小李最后一次告别的时候，只是说再也没法继续照顾我了，只是说再不走就走不了了，只是不停地说对不起、对不起……我的恐惧与无奈只是在张口无声的气息里，只是在拳头紧握的青筋上。颤抖吧，这把老骨头，把生命最后一点儿力量消耗掉，这样就能早点结束一切。还有什么希望呢？何必再抱希望呢？徒劳而已。

外面很安静，我飞升上天俯瞰大地，道路像蜘蛛网一般有序地延伸，干净得连片纸屑都没有。摩天大楼和百年钟楼都在，却寂静无声。

趁我还不至于迷路，回到了这副皮囊身旁，生前不忍卒睹，这时看着也不禁骇然，而后莞尔，不过是蛋白质角质层罢了。该羞愧，不是因行为，而是因思想，是的，连不好的思想都不该有，凡有，因自净，不然也将和这躯体一样，腐朽生蛆，千疮百孔。

从能走会跳到磕磕绊绊三五年尔，从拄拐到坐着轮椅也就

一两年,再后来就没下过床了。我病了吗?没病,只是不想动了,累了。只是想回到孩童时,过我还没尝够滋味儿就没有了的乳臭未干,过那还没品出味儿就急着长大的童年,重温那被人无微不至呵护的时光。只不过父母换成了儿女,只不过欢喜成了厌倦,最后人也换了,不再认识,不再有情感,橡胶手套隔离着我最渴望的肌肤触感,想动,想改变,肌肉早已萎缩得再也无法支撑这副老朽的躯体了。我自嘲,这回,我又想错了,和无数次无法回头的尝试一样。

我的话没人听得懂了,一个又一个来了又走,做着一样的事,从早到晚。我学会了在脑中和自己对话,不知是否因为知道我寂寞,那些故人们都来了。周老师,您为我骄傲,谢谢,我这个学生没给您丢人吧。哦,孔处长,您不用说,我都明白,不怪你,都过去了。小娟,你终于肯跟我说话了吗?这么多年,我一直等着呢!老章,为了保那些好的坏的,你自己选了死,实在可惜。小阮,你走就走,让那么多无辜的人一起走,你于心何忍?原本的希望被自己掐灭,无法回头,空留唏嘘。小白,不该把你扔了的,没事?你当爸爸啦,是当老太爷了哟!我说我们院子里那只猫和你长得那么像呢!

就这样一日日过去,终于,那扇门开了,纯净的白光照耀之下,一切归于尘埃。那恍惚间的一个个身影,竟然一个也不见。那世间万物,化为无。无相,亦是真。

茉　莉

这几天，天时晴时雨，让人捉摸不透。已经到家楼下，钥匙已经在手，可是，我却不想回家，这是突然而来的感觉，就一会儿，让我一个人静静地待一会儿，就一会儿，然后，我再回去吧。

坐在路边的花基旁，放下买好的菜和上下班背的包，我把脸埋在膝盖里，又用胳膊埋住头，像个虾米一样蜷在那里，让背舒缓一会儿，让肩膀放松一下，仿佛卸下所有的担子，回到了初生的样子。

这里早已经不是小时候的院子了，那时的院子，干净，整洁，人和人都互相认识，大人们既是同事也是邻居，孩子们既是邻居也是同学。现在的院子，好些人搬走了，好些人搬来了，我儿时的好友们一个个不是出外就是自立门户。即使熟人不多，我仍然选在花基转弯的角落，偶尔抬头，只见一个女人匆匆从我身旁路过，带着疑惑的目光盯着我，直到她的脖子承受不住这追光的角度而扭头走了。

我知道娟姐在家忙碌，所以我可以有自己的一小会儿时间。在这个小花基旁，只有我自己，没有工作，没有人际关系，没有孩子，没有他。其实一直都没有他，自从怀上第一个孩子，他就经常出差，任我哭闹冷战，他依然故我，我一时竟然想不起他的脸了。孩子们淘气，长辈们宠溺，我是谁呢？在这个家里，我只是个外姓人，哪怕是住着父母留给我的我从小住到大唯一的房子，我早已经不觉得孩子们是我的，仿佛这个家与我无关。他们说着自己的语言，沉浸在自己的世界里，吃着自己喜欢的菜，用自己的习惯布置着、折腾着、弄乱着这个屋子，我肚子里钻出来的这两个闹腾的小生命，从生下来的那一刻起就不是我的了。

花基被一整圈茉莉围起来，在北边留了一个供人进出的小口，杂草被清理得很干净，里面种了木瓜树，现在还只是一人高的样子，却已经挂果了，白里透黄的小花在树冠的叶柄下围了一圈，花冠带领着几个正在膨胀的青色果实，像极了少女萌动的乳房，都说以形补形，这果实确实成了不少女儿家的日常水果，煲汤，蒸炖，佐以奶，配以蛤。树的影子长长地投下来，在我影子的头上延伸出一顶奇怪的帽子，我不禁觉得好玩。

篱笆上的茉莉花一朵朵像小星星一样，点缀在椭圆形翠绿叶子组成的长城里，清香扑鼻。每次看到茉莉花，我就想起奶奶。在仅有的和她生活的那两年，她总是在睡前摘几朵小茉莉放在我的枕头下，告诉我这可爱的白色花朵可以安神助眠，让我的梦美妙安然；或是用黑色发卡别了花茎戴在头上，不顾爷爷说她像守丧似的不吉利，只顾自己满头飘香。她说茉莉最娇，特别是养在盆里的单枝，因此下雨天、打风天，她总是拖着柔弱的身体抢在风雨之前把花盆挪进屋里，只有弱小的我在一旁帮不上忙干着急。可是她弥留的日子里，没有茉莉花，是我没有想起采几朵给她带去，还是那时是冬季无处采摘？记不清了，只有哀愁，只有遗憾。

　　我感到眼泪从指缝里流出来，肩膀不自觉地微颤，或许回忆奶奶只是一个触点，一时间一切忧郁都如海底被翻搅的泥沙汹涌起来。奶奶会问我早餐想要吃什么，带壳的个个蛋还是柔滑的荷包蛋；爷爷会五点起床，洗漱早操之后去为我买食堂第一炉烤包子；奶奶会在睡前用桃形的蒲扇把帐子各个角落的蚊子都赶走，放下蚊帐，打开风扇，把我保护在这个"军帐"之中，躲避帐外的"千军万马"；爷爷总是按部就班地督促我，该练字了，该完成作业了，睡觉前一定要刷牙，一板一眼，就跟他案头著作的作者曾姓老乡一样，我感觉被一个古人教育着，却没有办法反驳。那是生命里为数不多被全身心呵护的一段时光，可那时越温暖，越让我觉得此刻的不堪。

后来才知道,他们这么做或许是在弥补对我父辈幼时缺乏照顾的遗憾,还有离婚的代际传承让他们愕然而心有余悸,从而对我更心生怜爱吧。他们不知道的是,无论这爱发乎于何处,都在我身体里种下了种子,让我可以活到现在,让我可以有能量逆来顺受、以德报怨,让我知道己所不欲,勿施于人,行有不得,反求诸己。

可是,委屈自己太久了,不是自我催眠让自己不觉得委屈就可以了结的。有时,这爱仿佛耗尽了似的,就像快要没电的电池,让我焦虑自己是否还有微笑的力气,是否还有起身的动力。这几天髋骨疼痛,疑病症又犯了,心里总在嘀咕是扭伤还是更可怕的股骨头坏死。可是病因是什么呢?忍不住打给他,问他几时回,终于忍不住说起自己的疼处,是啊,除了他,又有谁还可诉说?他小心翼翼地说是每日开车太久的缘故吧,他的愧疚和他不归的天数成正比。心绪不宁的我朝电话那头的他嘶喊,朝满脸惊惧的孩子吼叫,然后自责地把自己锁在房间里。

直到,婆婆的音容笑貌出现在脑海里,哪怕那一天她偶然逝去,却仿佛只是回了老家,有一天还会回来。是的,她是两个孩子的母亲,是我孩子们的奶奶,就像我的奶奶一样,她是另一个用她自己的方式全心全意温柔待我和我孩子们的人。就在这个屋子里,她总是兴致勃勃地一遍又一遍收拾被孩子们弄乱的玩具,一遍又一遍唤我们吃饭,暑热时煲凉茶,寒冬里热羹汤。她时常因为我不能理解的痛苦而独自一人念念有词,捶捶打打,偶尔也会哭哭啼啼，可是情绪过去，她又一如往常地忙碌起来。

她把茉莉摘下来，在簸箕里晒干，用洗干净的罐头瓶装好，她说自己有高血压，用茉莉花泡茶好，让我也喝。时常劝她看医生，她却总以自己的方式疗愈着自己和我们。偶尔饭后，我们会坐在餐桌旁，烧一壶水冲泡一把茉莉花。花朵在热水里复活，再次绽放开来，伴随着清甜的香气，融入你的嘴里、胃里，成为身体的一部分，就像这些亲人的爱，种下种子开出花。

路灯唰地一齐亮了，木瓜树影的奇怪帽子不知何时已经隐去，我重新挎上包，拎起菜，起身掏出钥匙，该回家了。

请叫我莉莉丝

老板最喜欢下雨天,这就是为什么他特别在咖啡酒廊外拓展了一个超宽的风雨长廊,做了一溜吧台,很适合站着倚靠在那儿会友小憩。下雨天,总会有很多人来避雨。我不喜欢下雨天,因为中午会有很多客人,这意味着我会很忙,有时候羡慕国外的同行,会有很多小费,在这儿,没有人会想起这件事。同样的收入,谁不愿意更轻松一些呢?可是,雨夜会少有人来,收入会减半,而雨声总是让人更加忧郁。

有时候我非常佩服老板的经营头脑,比如说选址,这个咖啡酒廊就开在这个城中老旧小区的门口,旁边就是CBD写字楼,还有个公园,可以说离目标客户群非常近,中午11点后到凌晨2点，客人是不断的。房租便宜，还顺带租了个宿舍，对我们而言包吃住就是福利，实际上也是为了方便我们加班，这样也算对大家都好吧。对于我来说，只要不把时间浪费在上下班路上还是挺不错的。这城市大部分人一天当中要花两小时以上在上下班的路上，每当我萌生去意，看着街上往来的人群，又会想起这里的好。

上个月开始，我晋升为店长了，不同于其他咖啡酒廊，店长要么西装革履显示专业，要么衬衫牛仔裤走休闲风，其实关键还是看店铺的定位和目标客户。像我们老板这样的经商头脑，才会想到让我每天上午萝莉风，下午森女系，到了晚上要换晚礼服，每个月的置装费比我收入还高，不过没关系，只要老板愿意给钱，谁不喜欢美美的呢？其实也很可以理解，白天来的主要是上班族，中午快速完成工作餐之后小休一番，要让客人觉得元气满满；下午多是移动办公或者下午茶闲聊的友人们，开始透露出悠闲一派的感觉；到了夜晚已经没有人喝咖啡了，自然是要烘托一种暧昧不明的气氛，因为客人们往往是单进双出，酒精自然是最好的催化剂了。

Mojito因为一首歌火了起来，最近点的人很多。其实西班牙语的正确读法是莫西托，可是被叫作莫吉托，约定俗成的事情恐怕很难再改了。调酒师杰瑞很娴熟地拍一拍薄荷叶，放入杯底，这样可以带出更多的薄荷清香，又不至于太苦涩。接下来是金酒和气泡水，大家喜欢称呼为金汤尼，爱甜用朗姆酒，还有其他你

喜欢混合的酒类，蓝精灵和草莓糖浆调和出美妙的蓝粉组合，不用我说你们也知道，就是红粉和蓝粉知己的象征。柠檬片必不可少，我个人偏爱小青柠，漂浮在酒中很可爱，最后可以加入自己喜欢的水果，西瓜、百香果、葡萄柚……

第一次喝鸡尾酒的女孩如果没有提前做过功课，往往会点长岛冰茶，这个名字很有欺骗性，实际上混合了最烈的四种酒，朗姆、金酒、伏特加和龙舌兰，再用柠檬汁等配料调味。有时候我觉得这里面真的是有惊天大阴谋，催生了很多孽缘。酒，就是酒，更何况是多种酒混合在一起，效果倍增。这款酒，美丽，口感迷人，但是喝下去会让你无法自拔，最后目眩神迷，虽然和爱情的感觉极其相似，但却不是爱情，所以才可怕。

如果要问我最喜欢鸡尾酒里的哪一种，我真答不上来，但是，非要找一件东西去喜欢，我会说是香草。鸡尾酒因为加入了很多种酒、果汁或其他饮料，呈现出如锦鸡尾羽一般绚烂多姿的色彩而得名，酸甜苦辣咸、奶香、果香、酒香都有可能呈现其中，带给人复杂浓烈的口感，仿佛我们的生活一样。但是这些复杂的味道，都需要香草去调和，才能呈现出它们最和谐、美好的组合效果，不同成分的顺序体现出层次，刺激你口腔的各个部位，带来不一样的感受。

音乐的变换，让这三十多个座位的小店呈现出不一样的色彩，早午间是莫扎特，下午是神秘园，夜晚则是小野丽莎。钢琴曲的行云流水，清脆叮咚；轻音乐的时而沉静，时而缥缈；爵士的偶尔轻松,偶尔暧昧,偶尔浓情似酒,让人的心情也随之变换。只是这变化唯有我们能体会,客人们的偶尔驻足与片刻小坐难以完整这跌宕起伏。

请叫我莉莉丝,是的,这显然不是父母给的名儿,有问题吗?我是不会告诉你我的名字叫王翠花的。

上午叫我Lily,百合般清新可人,下午可以叫我lise,宛若林中仙子安娜丽丝,晚间我就成了Lilith,让人恐惧又欣喜的夜妖。故弄玄虚、逢场作戏,觥筹交错之间让一个个买醉之人如愿以偿。回到宿舍洗尽浮华,我又成了王翠花。三明治哪有肉夹馍好吃,精致的水晶杯脆弱易碎,还是我这心底的王翠花,土生土长接地气。可是翠花也有梦想,就是从庄稼地来到这霓虹闪耀的大都市,来到这个连常来的荷兰、德国、英美客人都赞叹不已的璀璨华珠。

翠花的梦想实现了吗?算是实现了吧,至少她从王翠花变成了莉莉丝。可是莉莉丝的梦想呢?莉莉丝的梦想是什么?是追逐一份爱情吗?每日看这人来人往,芬妮邂逅乔尼,乔尼爱上芬妮,芬妮傲娇欲拒还休乔尼,乔尼发誓一定要追上芬妮,芬妮最终答应了乔尼,乔尼劈腿甩了芬妮,芬妮欲哭无泪再也不见乔尼,顺带也不来我们的酒廊了。这世上有多少个芬妮,又有多少个乔尼?这人生悲喜剧日日上演,看多了之后,我这位莉莉丝一点儿也不想成为演员。

莉莉丝的梦想是什么呢?是买房结婚生子吗?现实是有多

少夜归人在这里驻足不归，耗尽最后一点精力、时间和兜里的money，再步履跟跄地回去，有多少个这样的人，就有多少个怨妇和都市留守儿童。钱不钱的，房子不房子的，又有何干，心里的幸福感和这有关系吗？莉莉丝摇摇头，没有关系。王翠花觉得有关系，或许攒够了钱，回家盖房结婚生娃，倒是更好了，至少没了这许多的夜生活，老婆孩子热炕头，我的人就是我的人。

莉莉丝是谁的女妖，抓去了王翠花和那么些人的心，吸走了全部梦想。混合了这许多欲望、念想、现实的心灵鸡尾酒，让人摇摆不定，就像那听了太多遍在深夜仿佛依然鸣响于耳边的旋律，入夜入梦伴天明。

活着的感觉

　　认识我的人都搞不清楚我是干什么的,怎么什么事儿都有我呢?怎么刚跑完马拉松,又去参加调酒大赛了?怎么赛车也会开,怎么又跨界玩设计了?问我你累不累啊?其实我也不想这么累,只是有时候想找到一点儿活着的感觉。

　　什么是活着的感觉呢?早醒听到的第一声鸟叫算不算?睡旁边的那位冷不丁放了个屁算不算?牙疼算不算?参加葬礼算不算?婚礼呢?生个孩子,咯咯咯笑个不停,口水流个不停,喂饭洗澡换片片,鱼肝油AD钙补补脑,照顾病人老人也一样,只是药丸换了而已。感觉到了吗?生命,活着。

　　不能停下来,无聊太可怕。一停下来我就会想,这日子怎么过来过去都一个样儿，早晨起床，洗漱上厕所，脱衣称体重，换衣服，做早饭吃早饭，上班，午饭，又上班，下班，买菜，做晚饭吃晚饭，看电视，玩手机，或者边看电视边玩手机，洗澡，睡觉……

早中晚可以吃得不一样，比如炒鸡蛋换成蒸鸡蛋，蒸鸡蛋换成煮鸡蛋，煮鸡蛋换成荷包蛋，荷包蛋换成煎蛋……还是个蛋。纯牛奶换成酸奶，酸奶换成乳酪，还是奶。主食不外乎是杂粮，土豆玉米红薯南瓜，要么就是面加肉，要么就是肉夹面，比萨三明治汉堡包，肉夹馍包子饺子馅饼，本质上没啥区别呀。中午晚上可以换换口味了吧，还不就是那些，豆角茄子冬瓜豆腐，番茄炒鸡蛋红烧牛肉辣子鸡。下馆子，日韩欧陆川湘粤，再来个八国联军加印度，还有什么没吃过的呢？肚子不舒服还得喝白粥，什么也不如这返璞归真来得舒坦。

每天穿这工作服，上下班路上才能穿自己喜欢的，可是能跳出黑白红橙黄绿蓝靛紫吗？能跳出裙帽衬衫西装裤吗？你要想标新立异，能受得了人们异样的眼神、小声的议论吗？这还不算事儿，你敢奇装异服试试，一出现，大爷大妈和城管马上把你拿下。

上下班就那几条线路，不是985就是211，不然走路骑车打专车，有钱买辆车，没钱的话共享更经济，窗外的风景还是那些，想要惊喜，最多遇见树被砍了，沙井盖被偷了，路面又挖开了，偶尔碰个瓷，跳个桥，那都是结局昭昭的剧情。

好不容易到周末了,博物馆美术馆音乐厅都去过了,美术作品网络上都有,没有人山人海的挤,没有禁止拍摄的尴尬,随便观看,随便下载,放大缩小都随你,还有作品简介、作者和作品背后的故事。音乐也是,网上哪个录音不比现场音效音质更好呢?

山也都爬过了,累。公园都逛够了,无聊。游乐园就是去排队的,排队八小时,玩耍一分钟,大热天你去我可不去。

在家待着吧,看电影?现在还有好片子吗?花我的时间看这种一两小时的广告片?要不一开头就知道结局,要么是文艺片,我能边看边睡着。电视剧更没谱了,要么一集一集地死人,要么看完了也搞不清楚人物关系,要么争权夺利寻宝摸金,要么家长里短一地鸡毛,伦理都理不清,心情好看完也不好了,还容易有代入感破坏家庭氛围。

可是这时间不能浪费啊,尤其不能做那种徒劳无功的事儿。比如减肥啊,花钱花时间花力气花心思大吃大喝,吃完了再花钱花时间花力气花心思减下来,这是在做什么呢?排毒养颜五谷轮回吗?广告也跟着起哄,一半教你怎么减肥养生,一半教你多吃多喝大吃大喝,这两个阵营的商家是约好了的是吧,可以,搞活经济嘛。

琴棋书画烟酒茶,呼朋唤友侃大山,这个好啊,要忙就忙这个,高雅,精致,有品位。所以,能不忙吗?今天老张请我喝酒,明天老李请我喝茶,大后天小刘组织的作品赏鉴会我得画一

幅写意，下个月摄友和驴友组织了去坝上草原采风，为了明年环游世界，现在每天得学一个小时的英语会话，一年到头安排得满满当当，能不忙吗？

一想到科学家证明世界的虚空就感到莫名的激动、烦闷、沮丧。想想还真是那么回事儿，你看，所有看得见摸得着的事物都是分子组成的，分子里面基本上是空的，只有极其微小的原子，别说原子还可以细分了，就算不往下分，把原子之间的空隙挤压干净，这世界不就剩下一颗方糖那么大了吗？可是我们却活着，活得丰富多彩，活得津津有味。

和那口子吵个架，争得面红耳赤，大汗淋漓，吃个麻辣香锅也有同样效果，再舒舒服服洗个热水澡，这都是活的感觉。这感觉我知道，我看到老李和那小姑娘一起吃饭，他不是也在找活着的感觉吗？那满脸红光，满面笑容，比他老婆数落他时的灰头土脸、隐忍不发，简直年轻了二十岁，瞬间从爷爷变成了叔叔，再从叔叔变成了哥哥。小孟每天不顺点儿别人的东西就难受。刘大姐每天去小公园跳舞，老徐老陈天天抢着当她舞伴，这不就是活的感觉吗？或许这就是他们一天里最像活着的时候，或许这就是他们继续活着的念想。

别笑人家考证狂魔，还有读了文史哲商美音六个本科的郝某某，背完圆周率小数点后一万位的周某某，精通八国语言的谭某某，他们不都是在找活着的感觉吗？顺着自己的感觉走，跟着自己的心走。他们只是想生活好一点，能够更加接近自己想要的生活。他们忍受了多少讥讽和打击？又得到了多少夸奖和赞叹？这是他们想要的吗？不是，只不过是得到自己想要的奖赏的附赠，想要的奖赏是什么？活着的感觉呀！

至少要躲过毒品带来的短暂虚幻的引诱，因为明知道那会加速死亡的进程；至少要脱离从小被戴上的精神枷锁，因为就是那些"不许""不准""不行""不要"，让我们在实现自我的道路上固步自封，暗示自己不行动，害怕失败则永远不可能到达彼岸；至少要懂得退而结网、蓄势待发、韬光养晦，不至于壮志未酬身先死……

多少天下雨望天晴，多少天因为疫情闷在家，突然发现还有好多想做的事儿没做，还有好多想见的人没见，还有好多想去的地儿没去，还有好多想吃的没吃到……活着，这命，不就是老天爷恩赐给我们尽情去活的吗？就在这里百无聊赖地闷着，就在这里瞻前顾后地想着，糟蹋着这命，一步步走向死亡，可惜啊，实在是巨大的浪费。

用双脚双手丈量地球，用画笔描绘真真假假的世界，看日升日落，亲历生命轮回，生离死别……什么时候高空滑降？什么时候乘热气球飞行？什么时候地心历险？什么时间遨游太空？能活到去火星旅行的那天吗？能拥有个机器人好朋友永远不离不弃吗？好好活着！我还没活够呢！

观察者报告

今天选了只鸟，比起还原波的状态，我还挺喜欢钻进一个生命体感受一下的。老鼠太容易被猫逮住了，如果不是一直下雨，我是不会选老鼠的，被猎杀的那种感觉太刺激，有点儿受不了，成天担惊受怕的，非常不舒服。今天选的这只鸟不错，深蓝色的羽毛，头顶上一簇立羽，脖颈上一圈雪白的羽毛仿佛戴着项链，还有长长的尾羽，简直是人见人爱呢。城市里的鸟儿越来越安全自在，这个被人类居民称之为99号大院的地方，简直就是小鸟的天堂，没什么天敌，草木茂盛，食物丰富，还可以近距离观察人类，对我而言再合适不过了。比起智慧生命体，我更喜欢鸟类这单纯的简单生命形态，如果不是因为鸟类寿命太短，确实是非常完美的生命体。

　　自然，在银河9873号智慧体星球，也就是这个被自称为人类的生命体主宰的所谓的地球上，最智慧的生命体还得是人类。我的任务是观察人类生活和地球环境，采集信息向母星尼恩特星报告。是的，我是观察者。

　　作为一个智慧生命体，人类和宇宙中大多数智慧生命体不太一样，人类的主要智慧还需要实体储存器，他们称之为大脑，并将大脑安置在躯壳的头部，通过操纵躯壳为大脑摄取能量物质，同时确保躯壳能够维持大脑所需的生存条件。

　　尽管在这个时空，他们中的部分人对大脑及其躯壳的研究已经较为深入，并且将此研究结果通报给其他人类，但还是有很多人类并不了解大脑及其躯壳的使用原理，导致躯壳指挥大脑或者脱离大脑，甚至有使用不当早于使用寿命而失效的情况出现。作为一个智慧生命体，这样过分依赖物质基础的行为还处在宇宙文明的初级阶段。尼恩特人早就脱离了物质实体，而是以波的形式存在，使得我们可以自由地穿梭在宇宙之中，无论空间、时间如何变幻，对于我们来说都只是一种现象，这才使得生命体可以和宇宙一样得以永恒。

　　观察不同星球的运行情况是我们的一种乐趣，母星不断给我们能量，从而也汇集我们从宇宙各个角落收集的各种关于宇宙的信息。但是作为一个智慧生命体，我们的观测必须客观、自然，因此，我总是避免进入人类的大脑，虽然，这种有趣的感知可能总是吸引着我想要一探究竟,但是为了遵循最高法则,即让宇宙自由运行,我必须克制自己,避免让这种想法付诸实践。

尽管人类看上去都差不多,但还是有区别的。由于还未摆脱对躯壳的依赖,他们必须进行繁衍,以便通过繁殖继承生命体的基因,从而解决大脑和躯壳这个物质基础有效期较短的问题,由此演化出了两种性别特征,雌雄或男女。这种繁衍占据了躯壳有效期的大部分时间,以至于大脑还未充分开发智慧,就随着躯壳进入了衰退期,从而减缓了人类进化的速度。

作为9873号星球百万分之一胜出的生命体物种,人类还没有进化出直接承接大脑内存的功能,因此只能通过创造其他外部储存设备将人类文明传承下去,例如更早期的雕刻、建筑,随后的书本、乐谱、绘画。我所在这个时空的计算机、网络等信息载体,通过这些载体突破大脑保质期的限制。

智慧生命体的进化历程各不相同,但是这过程中只有适合与不适合,在还未达到改变宇宙的能力时,智慧生命体往往因为不适应宇宙环境变化而面临终结的命运,在这个过程中总是伴随着残酷的弱肉强食与优胜劣汰。但是一旦生命体突破宇宙环境限制,成为粒子波之后,宇宙环境对其不再有任何影响。

但是这个必经之路对于人类这种低级智慧生命体来说太过漫长,躯壳和大脑的使用期限太短,在无法知晓时空轴变在未来的表现时,人类进化出各种具有预警意义的情绪,例如焦虑、忧郁、失望、气馁等,这些情绪产生的化学影响显然又缩短了躯壳

和大脑的使用期。

人类大脑与躯壳的共生关系催生了复杂的社会系统,用于物质流与精神流的交换,通过发明货币、武器、科技等创造社会结构、教育、医疗、农业、工业、经济、军事等系统,一些系统用于生产和发展智慧体,一些用于物质和能量的交换和再分配,一些则用于毁灭,构建了人类社会的各个机能组成部分,保证了信息流的畅通和有效汇集,这种有效汇集是基于人类共同体的发育,可以说是智慧生命体的集合,为了整体的发展而聚合的一种新的生命体,即把人类看成一个整体。

但是和其他任何单项聚合体一样,这个聚合体充满了各种排斥和矛盾,因此效率并不高。这种聚合体最大的矛盾性在于,牺牲某个族群或某个大脑,甚至鼓励他们自我毁灭,来换取聚合体极小的进步或减少极小的牺牲。在这样的情况下,大脑对于智慧的继承和发展往往建立在生存的基础上,安全感成为了大脑和躯体最基本的需要之一,由此产生的防卫、对抗、复仇等再次造成了有效期浪费。

不仅如此,一些人类大脑为了延长自己的使用期,驱使躯壳制造有害化学品或武器,诱骗或强迫其他人类使用,由此掠夺资源供自己的躯体萃取。同时一些人类为了基因传承宁可牺牲自己,这种自我毁灭通常出现在母体。众多生命体的牺牲行为只是为了从量变到质变形成进化的突变,以期智慧生命体质量在某一代达到飞跃。

有趣的是，虽然雌性生命体更加和平、智慧、有爱与美，但是只有雄性生命体的Y染色体作为明显标志进行代际传承，也就是说这种基因短缺反而成为人类生命链的标志，估计还需要上亿地球年的进化才能解决这问题。尽管已有人类知晓这一规律，大部分人类依然坚持从为每个人类或大脑的编号角度来做基因标记，其实有时候这样的标记和实际基因不符，但人类还是按照自己的想法做着这件多余的事情，让我也不禁反省，这种低等智慧生命体的行为对于宇宙来说的意义何在呢？我们作为与宇宙一样永久的生命体的意义又何在呢？作为观察者的我们的存在又有什么意义呢？我想我还是太年轻，回到母星，或许会有答案。

由于智慧生命体的粒子波能量不足，人类的进化过程注定漫长，并且会损失掉一代又一代产生的粒子波，消散在大气层里。人类在所在星系恒星寿终正寝之前，能够壮大粒子波的能量体，移民太阳获取足够能量完成粒子波升级，最终和尼恩特人等宇宙人形成波粒交互，或是在星系注定毁灭的结局中徒劳无功地进化，这样的结果之后重又回归到原点，只是四维中的人类无从知晓，还将在物质世界的代际更迭中艰难前行。